Luna-Park

Elsa Triolet

ルナ＝パーク

エルザ・トリオレ

鍋倉伸子・戸田聰子＝訳

河出書房新社

ルナ＝パーク

その家は家具付きで売りに出されていた。庭には数本のリラの木があり、溢れるほどのリラの花は黒葡萄のように重い房をなしていた。家の鍵を預かる村の食料品屋のおかみさんは鍵をがちゃがちゃいわせて扉を開けた。家を買おうという男はその様子を見ている。男は彼女の後から小さなホールに入り、鎧戸の閉まった食堂を通り抜けて台所まで来ると、「よろしい、買いましょう」と言った。

男はどちらかといえば太り気味で、髪の毛が豊かであれば金髪と言えそうだった。というのも、遠くから見れば、光輪のような金髪が後頭部にわずかに残っていたから。新生児を思わせる青みがかった目は、ぽつぽつまだらに生えた睫毛によってその無限の青さを際立たせていた。鼻は短く、ふっくらした唇に白い小さな歯がのぞいている。こんな様子の買い手は考えるのに時間をとらなかったので、そこらの食料品屋のおかみさんには、彼が映画監督のジュスタン・メルランであることがすぐにはわからない。普通、映画監督は顔より名前のほうが知られているものだが、ジュスタン・メルランはその容貌でもよく知られていた。そのでっぷりとした姿、金色に光る後頭部の光輪、その青い目差しこそが、ジュスタン・メルランという名を持つ者だったのである。

彼は映画を撮り終えたばかりだった。まだスタジオの騒音がざわざわし、頭の中は映画のストーリーでいっぱい、目は映像でちかちかしているうちに逃げ出して来てしまった。彼は自問自答していた。いつものように最後の仕上げを終えた後の絶望感、どうしてこんな面白くもないストーリー、何も惹きつけるところのないつまらないテーマを撮ろうとしたのか。世界は確かに素晴らしくて重大なことに満ちているというのに。一体どうしたことか、まったく、どうした！

この家に決めよう、気に入るかどうかなんてそんなことはどうでもいい、売買契約が済まなくてもすぐここに身を落ち着けることができさえすれば。一方、食料品屋のおかみさんは「契約手続きだって。こんなぼろ家に大金を払うなんて！」と考えていた。

ジュスタンには事務に長《た》けた秘書のような男がいたので、早くも翌日には、彼はリラの木で覆われた家に落ち着くことができた。夕方に着くと、食料品屋のおかみさんが寝室にベッドの支度をしてくれていたので横になり、次の日の夜まで寝てしまった。冷たい夜気が開け放たれたフランス窓から流れ込んできた。彼はパジャマの上にガウンをはおると、冷たい夜気が流れてくる方に歩いて行った……

ジュスタン・メルランは、夜になろうとする靄のかかった薄暮の光に包まれたテラスというかバルコニーを数歩あるいた。リラのしっとりと香る枝が彼の顔に軽く触れた……明日、明日にしよう。ジュスタンは再びベッドに戻り眠りについた。

テラス脇の三つの窓から日が射し込んでいた。心地よく枕に寄りかかってジュスタンは新しい家の寝室をしげしげと眺めた。まず最初、目を開けると彼は一体自分がどこにいるのかと訝《いぶか》った……うっかりして誰か他人の家に入り込んでしまったような居心地の悪さを覚えた。昨夜、飲みすぎたのだろうか？　誰かが入って来て彼に、一体そこで何をしているのか！　と聞くかもしれない。危うく彼は飛び起きて逃げ出すところだった……それから少しずつ記憶が甦ってきた。その夜の、しっとりと濡れたリラの枝……食料品屋のおかみさんがベッドを整え……彼が車をガレージに入れる……ああ、そうだった！　これは買ったばかりの家だ！　ジュスタン・メルランは、疲れが限界に達すると、とっぴな行動に身をまかせることがあった。そうだ！　この家を買ったのだった。……おかしな話だ。ベッドの中で横になり、ジュスタンは彼のものとなった寝室を見回した。

この寝室は、身じろぎもせず眠る人と、死体とを見分けているようだ。なま暖かく静かに寝室は息づいているようにみえ、寝室の住人が現われるのを待っていたといってもよさそうだ。毎夜、このベッドで寝ていた人を。

というのは、どうみても女の寝室であったから。ジュスタンは突然シーツの繊細さを感じた。頭文字の縫い取り……逆さからだったので彼はその文字を読み取ることができなかった。あまりの疲れから、このマットレスの快適さと、毛布の軽さに気づかなかった。彼は石畳の上でもぐっすり眠ってしまっただろう。

奇妙なのはこの寝室が葉巻の箱に似ているところだった。壁も天井も全部凝った木で造られていて紫檀の色をしていた。テラスの左側にある大きなフランス窓の窓枠も、右側の小さな窓も同じ木でしつらえられていた……溝彫りの装飾付き家具類。ジュスタンは明りを消す前に、木製の化粧台に一瞬輝いた緑とばら色の乳白色ガラスを思い出した。ほら……寄せ木貼りの床に似せた模様の、細かい織の古い絨毯……ジュスタンは突然、見知らぬ町に着いた旅人のような好奇心に駆られて、じっとしておれずに起き上がった。自分の家が見たい、このような寝室があるこの家を早く知りたいと。

ジュスタンは日の当たる側のテラスに出た。このテラスは昨夜、まだ薄暮の頃リラが出迎えてくれた場所だった。中二階の高さの、かなり大きなテラスで、二つの側面はリラの茂みに囲まれ、真ん中は畑に面していた。ジュスタンは目の前に広がる芽生えたばかりの透明な緑と、和毛《にこげ》のようなもので覆われた畑のなだらかな曲線を眺め、何か言い知れぬ喜びが込み上げてくるのを感じた。何かいいことが起こりそうだった。行き当たりばったりに引いたくじは当たりで、こんな喜び、うっとりするようなものがもたらされたのだ……彼は急いで着替え、家と庭とこの辺りをひと回りして、すべてを見、すべてを知ろうとした。

彼はそれに時間をかけた。急ぐことなく、隅から隅まで屋根裏部屋から地下室まで、くまなく見るのに十分な時間をとった。村道に沿って続いている石塀には出入口の小さな扉、隣家の庭と庭との仕切り、そしてこの明り取りのない石塀は大きな開口部まで続き、鉄柵に替わった開口部は畑に面していた。

家も庭もあまり大きくはないが、庭は鉄柵を通して畑とつながっているようで広々としていた。家の中は部屋が続き、右側には食堂と小さなホール、向かい合って書斎……そして食堂の壁は全部鎧戸があり、それを開ければ食堂は庭に通じていた……同じように、小さなホールの階段を上がると、二階には三つの寝室があった。さらに食堂の後ろに台所、台所の後ろにガレージがあり、ごく小さな物置がそれに続いていた。ジュスタンが寝ていた寝室は書斎の後ろの少し高いところにあって階段を三段ほど上がるようになっていた。

ジュスタンは歩くのが好きで、それが彼の唯一の運動だった。彼は、自分の家や庭と同じように春を観察しながら歩いた。大きな掌、日差しで暖まった指で凝った両肩をさすり、後頭部の光輪を弄《もてあそ》んだ……ジュスタンは精彩のない地面に蘇ってきたさまざまな彩りを眺めた。村はひとつの大きな農場で占められていて、五、六軒の家があるだけだった。村から出たちょっとした高みの、庭園の奥まったところに城館があった。城館の鎧戸は閉まったままだった。村のもう一方の側には、遠く畑の向こうに、工場の煙突が見えた。村の男たちはそこで働いていて、早朝に自転車やスクーターで通勤している。子どもたちは朝早く工場の近くにある学校へ歩いて通学していた。女たちは家にいた。ジュスタン・メルランは、ここではまったくのひとりだった。彼は住所も知らせずに出て来ていた。

歩き、深呼吸し、眠る……彼の中の煮えたぎったもの、頭の中のヴェスヴィオ火山は鎮まり、火や溶岩を噴出するのを止めようとしていた。ジュスタンは深い轍《わだち》のついた道を何キロも歩いた。畑を横切り、小径に沿って雑木林や森に入って行く。風景はかなり平坦で何もなく、広くて変化に乏しく、そこを歩いていると、空中や海上でのように、前に進まずその場で足踏みしているように思われた。ジュスタンは食事と眠りをとるために家に戻った。彼の青い目はすぐに食料品屋のおかみさん、つまりヴァヴァン夫人を圧倒し、彼女は母性的献身をもって、家事万端を一手に引き受けることとなっていた。彼女は食堂で給仕をしてもよいと思っていたが、ジュスタンは時間の不規則なのを口実に彼女を追い返し、白地に青色の模様がついた小さなタイル、換気フード付きの冷えたレンジとプロパンガスのコンロのある台所で自分で用意することにした。ヴァヴァン夫人は白木のテーブルの上に食器を並べ、コンロの傍には温め直すだけの野菜、卵、ビーフステーキが置いてあった。ジュスタンは自分でオムレツを作ったり肉を好みに焼くのが上手だった。ヴァヴァン夫人はもう翌日まで来ないので、彼は家でひとりきりであるのを存分に楽しんだ。

これは本当に自分の家だろうか？　最初の朝、彼が目覚めたときに抱いた、自分が誰かの家にいるのではないかと訝ったその感情を始終思い返した。彼は家に戻ったとき、この家の女主人が姿を現すことを期待していた。夕方、窓に明りがないのはなんて不思議で不安なことだろう！　彼はステッキを小さなホールに落としたり、椅子を動かしたり、ばたんとドアの音を立てたりした……しかし何の反応もなかった。そして自分でしたことが無意識にせよ、馬鹿げたことのように思えた。彼は書斎に入った。書斎はさりげないやさしさで彼を迎え入れた。そこでは本以外の生きものに会うことはなかった。

他の場所と同じようにこの書斎の中でも、ジュスタン・メルランは、まだ立ち去っていないように思える何者かの痕跡の中に足を踏み入れていた。それほどその痕跡は鮮明だった。彼が赤いビロードの背中のカーブに合わせた高い背もたれのある肘掛椅子に腰をおろしたとき、彼の手は、手そのものの意思であるかのように、いともたやすく本に届いた。何度も読み返された本は大きく開かれ、何かを探し求める目差しに、しかるべきページを差し出すことに慣れているように見えた。長編小説、回想録、幻想小説……ペロー、グリム、ホフマンそしてアンデルセン、それらはカトリックのミサ典籍のような外観で、何冊もあり読み古されていて、たとえばジョルジュ・デュ・モーリエの『トリルビー』、あるいは『嵐が丘』、または『カルパチアの城』……『モーヌの大将』……『ジャク＝ル＝クロカン』……そしてイザベル・エベラールのすべての本、このロシア人の女回教徒は十九世紀末にアルジェリアに現れ、そこでアラブ風の暮しをした……書棚全部は百科全書……航空に関する本……天体物理学……宇宙飛行学の本で占められていた。ジュスタンは黒い書斎机の前に腰をおろした。大きくて、公証人の使うようなこの机にはたくさんの引き出しと、褐色の古い革が貼ってあり、ごく普通の吸取紙の付いた厚いデスクパッドの上には逆になった筆跡が見分けられた。インクの入っていないガラスの大きなインク壺、その盆の上にはたくさんの鉛筆や小刀、鉛筆削りが残っていた……切手類やクリップ、画鋲が古色を帯びた皮の滑らかな黒味がかった美しい箱に入っていた。そしていろいろな国のコインが、乳白色のガラスでできた脚付きの鉢の中に入っていた……水のない銀のゴブレットには枯れた一本のバラと数本のスズランが挿してあった。

ここでジュスタンは何もせず、うつろな目、ぼんやりした思いの中にいつまでも浸っていられた。ジュスタンはこの部屋が好きで、他のどんな生きものの温かさよりも、作り付けの書棚に囲まれているほうがよかった。ここの天井はかなり高かったが、それというのも一階の書斎は中二階よりも高い造りになっていて、礼拝堂のよう。先端は丸味を帯び、丸い木枠組みの奥のそれぞれの隅には棚があり、狭くて高い窓はお決まりのステンドグラスだ。タピストリーを思わせる長さのせいで荘厳な印象を与えるカーテンを、ジュスタンが初めて閉め、乳白色ガラスのランプをつけたとき、誰かの私生活に踏み込んだ感じがした。それがあまりに強烈だったので、彼は咎められたような気がして、思わず振り返った。確かにこの家には、幽霊とか亡霊ではないが、不断に生きる何者かが住んでいる。

彼は『トリルビー』を読むことにした。この本の雰囲気は、この家の雰囲気に合っていた。ジュスタンは感情を込めて本の黄ばんだページをめくっていった。彼はこの本を一度も読んだことはなかったが、イギリス人の彼の母がずっと遠い昔、彼にひとりの女の不思議な物語をしてくれた。その女は世界一美しい声を持っていたのに、音痴で『月の光』が歌えなかったが、ある男の不思議な力が彼女を最も素晴らしい歌い手のひとりにした。この男が死んだその日、彼女、トリルビーは栄光の真っただ中、舞台の上演中にその声を失った。ジュスタンは書棚の前の赤い肘掛椅子の中で、英国のゆったりとした物語と、作品の追憶の中の歌声と、彼自身の思い出によってうっとりとしていた。そしてよく話に聞いていた人と知り合いになったような気がしていた。

『トリルビー』はごく自然に、この家の中にふさわしい場所を占めていた……

ある日、ジュスタンはヴァヴァン夫人に質問をしようと、いつもより早目に朝の散歩から戻った。彼はヴァヴァン夫人に昼食の支度をまかせ、話をさせた。夫人は気軽に応じてくれたが、彼女の人生のこと細かな話には踏み込まないようにした。ヴァヴァン夫人は彼の周りをちょこまか動きながら、鍋をかきまぜかきまぜしゃべった。得意気な仕事振り。彼女にとって家事仕事はごく自然なことだった。それは、雌鳥が餌をついばんで卵を産むのと同じだった。実際、とがった鼻、まんまるの目、ずんぐりした体を細い足で支えさるさまは少し雌鳥に似ていた。その辺の店で売っているような黒地に白い小さな模様のあるブラウスに、黒い室内ばきを履いている。彼女は夫の喪に服しているのだ。

いいえ、この家はご婦人が売りに出されたんじゃありません。不動産会社が持っていたものです。メルランさん、それでもあなたは誰の家を買ったのかお知りになりたいのでしょう！　前の持主は誰⁉　しかし彼女ははっきり言えなかった……その婦人は、この家に数年住んでいたらしいが、ヴァヴァン夫人はその婦人を知らなかった。というのも彼女自身、この地域に住むようになったのは少し前からだし、そもそも、もし彼女がこの辺りの人たちがどんなふうかを知っていたら、ジゾール（パリ北西に位置する小さな市）での商売を決してやめたりはしなかったろう……彼女は未亡人になり、不動産会社に丸め込まれたのだ……それじゃ、あなたがこの村に住むようになってから、そのご婦人は一度も来たことはないのですか？　ええ、そのとおりです、と彼女は言う。私がここに来てからこの家はずっと空家でした。それから、不動産会社の人が来て、家を見に来る人の世話をする気はないかと言って私に鍵を預けたんですわ。それに他の誰に鍵を預けられるっていうんです？　この辺りの連中ときたら、とんでもない奴ばかりで……城館の紳士淑女は夏のあいだのひと月来るだけ。村に足を踏み入れることなんてありゃしません。ヴァヴァン夫人は思い込んでいた。城館の人たちは大農場で働く農夫は別として、この辺りの人間、つまり工場で働く労働者を恐れてさえいる、と。とはいえ、ここじゃ農場労働者も工場労働者と同様、つき合いにくいんです。城館の持主はその工場の、株式会社代表取締役会長です。何を作っているかですって？　プラスチック製品ですよ。株式会社……あの大きな工場は、とにかく株式会社なんです。その工場は、ともかく、ジュネスクさんという人のものなんです。先日もいらっしゃいましたけれど、メルランさん、あなたは彼を見かけませんでした？　しっかりとした歩きぶり、どちらかといえば金髪、そして立派な車……最近結婚したばかりのようですよ。工場は安全面でのトラブルをいくつか抱えているようです。つい先日もまた、手首を切断してしまった十六歳の若者が病院にかつぎ込まれました。いずれにせよ、ここの人たちは普通じゃないんですよ。男たちが仕事に出かけると女たちは戸を閉めて家にこもってしまって……食料品屋にゃやっては来ますがね、そりゃ他のことができないからですよ。塩や砂糖、石鹸、それにパテが必要だといったって、彼女たちが口にするのはせいぜい「ボンジュール」か「ボンソワール」で……それでもこの家をメルランさんが買ったときは、そう、とぼけ顔でそのニュースに一斉に飛びついてきました……双子の男の子の母親、あの若いマリーでさえ言いました。「残念ね……あの方は優雅だったわ、元の持主は……」マリーはその名前を言ったかもしれませんが、聞き流していたものですから。確かオティルとかオタァルとかいう名前のようでしたけど……

ヴァヴァン夫人の情報にたいした中身はなかったが、この家に住んでいた婦人が優雅だったというのはいい。結局のところ、その婦人についてあまり詳しく知らないほうがよかった。知らない人の場所を占有するほうが気が楽だった……彼はこの家の中が気に入っていた。その婦人の趣味が彼と同じだったばかりでない、それらを見つけることに気をそそられてもいたし、その趣味は悪くなかった。彼はその趣味を認めざるを得ないところに満足した。パリだったら、乳白色ガラスのランプをボナパルト通りや、サン゠ペール通りに自分で見に行くほどなのだから……

ある晩、彼は思いがけない発見をした。すでに初夏の馨《かぐわ》しさが感じられるある宵のことで、外ではこの人気《ひとけ》のない地域を恋人たちがゆっくりと、目的もなく歩くような足音がしていた。書棚から一冊の本を取り出すとき、鍵が足許に落ちた。彼は急いで拾い上げた。鍵が逃げ出しそうに思えたからだ。ライティングテーブルの鍵に違いなかった。この書斎の、ライティングテーブルの鍵は見つからないままだ。立派な骨董家具、シルクハットのような黒い艶と輝きのあるマホガニー製の。大きくて奥行もあるこの堅固な要塞は、大きく場所を占拠していた。隙間なく閉じた表面はジュスタンを寄せつけない。

鍵はたやすく回った。ライティングテーブルの大きな垂れ板がゆっくりとジュスタンの方に下がってきた。見事な家具……中央に教会内部のような空洞があって、そこにはレモン材の小円柱が、いくつもの引き出しに囲まれるようにはめ込まれている。黄いろいレモン材が暗色のマホガニーを引き立てていた。ジュスタンは見惚れた。Secretaire（ライティングテーブル）という言葉は「Secret」（秘密）が語源ではなかったか？　彼は探した。その中に秘密の引き出しを見つけられるかもしれない。と、中央のカテドラル風の空洞に紙がいっぱい詰まっている。ジュスタンは、はみ出していた紐の端を引っぱった……纏《まと》めて縛ってあった紙の束がひとつ、紐に続いて出てくる。次いで残りの全部がライティングテーブルの緑の革の上にどさりと落ちた！　小さな紙の束が飛び散って、ばらばらになった紙はひらひらと舞った……自分が引き起こした紙の雪崩を当惑して眺める。それは紐、リボン、ゴムで結わえられた手紙の束だった……そのうちの数通はしっかりとは束ねられていなかったり、中の手紙が失くなっていたり、封筒に入れられているものもあったが、ほとんどは封筒がなく、剝き出しのままだった……一枚を手に取って広げてみると……三つの単語だけだった。ジュ・ヴ・ゼーム（あなたを愛しています）。どうしたものか？　ジュスタンは元の空洞に押し込もうとしたが……ああ、しかしそれを改めて納めるとなると順番どおりにしなければ。時間をかけてじっくりやらない限りうまくゆきそうもない。ジュスタンはいらいらしてやめてしまった……紙切れ全部を取り出して他の場所に納めるか、燃やしてしまうほうがよほど簡単だった。彼は書斎机の傍にある紙屑籠を取りに行き一気に包みと紙の全部を棄てると、それを書斎机の傍に戻しに行き、そして机の上に置いた。いや、それでもやはり、ヴァヴァン夫人がそれを片づけてしまう前に、何の手紙か全部見ておく必要がある。

立ったまま紙屑籠から一束の手紙を机の上にばら撒き、そのうちの一通の手紙を封筒から取り出して広げ、次々と目を通す……すべて恋文？　そうかもしれない……誰に宛てた？　ジュスタンは封筒の宛名を探した……マダム・ブランシュ・オートヴィル……マダム・ブランシュ・オートヴィル……彼は次々手紙を手に取った、宛名はどれも同じ名前だった、この家の、本の、ベッドの、そして乳白色ガラスのランプの持主に違いないだろう。腰をおろした。ブランシュ・オートヴィル……彼は手紙のひとつを取った。名前を知ってしまった以上どうしたらいいのか？　彼は再び手紙を置いた。いずれにせよ、この女性宛の恋文を読もうとは思わなかった！　彼女はそれを棄てておいたのだ……そう、そのとおり。しかし鍵のかかった家具の中にあったのだし。彼女はそれらを忘れていたのか？　一年、いやそれ以上前からこの家は空家だった……と、ヴァヴァン夫人は言っていた。ちえっ！　誰に頼めばいいというのか？　不動産会社？　ジュスタンは小さな包みを取り上げて机の上に置いた。黄ばんだものから真新しいものまである……彼は一枚だけ床に落ちていた紙片を拾い上げた。小さくて角ばった幼稚な筆跡……三ページ目を表わす番号がついている……

……というのも、僕は君のために何もできない。自分のためにもできないのだから。もし僕が君のためにならないのなら、僕は君のために何をしたらいいのか？　それで僕は出発したのだ、ここへ、この狂気の中へ……君に嘘をついても仕方がない。僕は疲労、好奇心、危険に身をさらしたが……何にもならなかった。僕は砂と空を試し、熱帯の奥地を横断、黒人の女たちを試した。たるんだのも、ココナッツのように硬いのも。僕は植民地の召使いも管理人もやってみた。狩りをし、釣りをした。僕は黒人の男たちの背に乗って運ばれる白人男だった。悪夢と幻視、蜃気楼と幻覚がもたらした祝祭と儀礼によって、僕は裸の黒人の巨人種族に狩り出された獣だった……そして僕は君だけを見ていた！　君、金色にして銀《しろがね》の君、危険と非情の君、僕の銀《しろがね》の、僕の愛しい人。

そうか……ジュスタン・メルランは机の上に散らばった手紙の中に、同じ筆跡のものが他にないかと調べてみた……ない……彼は肘掛椅子を引いて腰をおろし、紙屑籠の中身を机の上にあけた。調べてみるだけのことがあるとわかったのだ。ほら、同じ筆跡のがもう一枚ある！

僕の可愛い子よ、何よりもまず、今、君に花を贈る男たち全員に敬意を表そう。僕は本質的に空白に耐えることができない。それで僕は出発した……そうだ、僕は出発した。もう終わりだ。こんなふうに人は母親に、死産だったと告げるのだ。僕は自分自身にそれを告げるのだ。僕は長いあいだ期待し、夢見ていた、そして……ほら、このとおり……しくじった。そう、僕は試みた。僕は君のために君を愛し、君を連れ出したいと思った。憔悴や孤独、他人に溶け込めずにいる状態、誰もが君に憧れているのに君自身はショーウインドウのガラスの向こう側にいるような状態から。……君の唇が動くのはわかるが、言葉を聞くことはできない。そして君が触れようとして手を伸ばすとガラスに遮《さえぎ》られる。頭が変になりそうだ！　僕の偉大な友、僕の可愛い妹、君は永遠に僕の妻になろうとはしなかった……それで僕は去った。君にとって僕は何者でもないのだから。僕は危険に身をさらしに行った。僕には君の傍にいるよりそうしたほうが安全なのだ。僕の可愛い女の子、僕のやさしいクロコダイル。ダイナマイトのケースに腰をおろし、とても心地よく僕は眺める。ある不当な理由によるヒロイズム、信仰、熱狂、そして、やれやれ！　何という暑さ、汗！　僕はそのすべてをもっと近く、もっともっと近くから見に行くつもりだ。僕の仕事がそれを望んでいる。僕は僕の仕事を愛している。君が君の仕事を愛するのと同じくらい……

またその続きがない……ジュスタンはその全部をより仔細に見ることにした。何て素晴らしい作業だろう！　ところで、彼はある大物の小説家を知っていた。その小説家は女たちにハンドバッグを開けさせ、その中身を取り出させることが何より好きだった。小説家にとって、これは人生を克明に描く物語《レシ》以上のものだった。というのも、物語《レシ》というものは最も真に迫ったものであっても、やはり嘘だからだ。その家はまるで大きなハンドバッグだった……家主の協力なしにそれを探るのは少し厄介だった。小説家が、笑って抵抗する女たちのハンドバッグを開けさせたように……そうだ、ここではバッグは彼のものなのだ、ジュスタンの！　だがなぜ、所有者にそっくり返すこともせず、遺失物の中身を調べるのはよくないと考えてしまうのだろうか。ジュスタンは散らかっている手紙を、紐で束ねた包みと、ばらばらな手紙と紙片とに整理した。彼は薄いタイプライター用紙に、角ばった筆跡で書かれたものだけを探していた……ほら、また一枚あった……

僕の銀《しろがね》の、僕のブロンド、僕の光、僕の眩《まばゆ》きものよ、僕はラジオ・モンテ＝カルロに戻るよ。僕はもうここにはいられない。駄目なジャーナリストは、何か起きるような気がしても、ひとつの考え方しかできない。逃げ出すことしか。今度だけは僕は単なるテープレコーダーでいることはできないと感じているし、自分の役割を放棄するに違いない……ところで僕は、けんかを売るようなことはしたくない。砂、女たちのヴェール、黒い縮れた髪、白のタキシード、太陽の巨大な光、これらはおのおのが反発し合う力の極だ……自分の考えを郵便に託すことはできない。僕は帰ったらそのことを君に話す。僕は帰るところだ。

月末に船に乗る。ついでにちょっと回り道をするので期間は三週間を見込んでいる。その期間を利用してメモを清書するつもりだ。かなりの量の録音テープと、写真があるから、「パリマッチ」とうまくやれると思っている。とりわけハンセン氏病の患者の世話をする宣教師たちは何にもまして面白い。とにかく皆が働いているよ、君以外は……奥様は興味の的を探し求めて空間をさまよっているというわけだ……恥ずべきことだ！

文字は紙の片側にしか書かれておらず、行と行、語と語の間隔を無造作にかなりあけていた。小さな筆跡にもかかわらず、ページの上で鬱陶《うっとう》しい感じはしなかった……ジャーナリストにしてはおかしな筆跡。子どもの字のようだ。ジュスタンは立ち上がって開いている窓の方へ行った。上弦の三日月が、暗い高みに、天空に打たれた釘のようなものから吊り下げられている。古い手紙の魅力……同じ言葉でも本のページの上にあったら、すぐにそのメランコリックな神秘性は失われるだろう。田舎の墓地のしんとした静寂の中、瑞々しい花々と真珠と針金で編んだ冠にこびりついた錆の上の、死者の墓標の言葉がそうであるように。ジュスタンは夜の闇を眺めた。そして満足と、ある種の甘美な苦痛に浸っていた。風のひと吹き、自然の震えが大きな音を立てる。鎧戸が壁にぶつかったので、彼は窓を閉めた。書斎机の前に戻り腰をおろす。ああそうだ、手紙だ……彼はそれを忘れていた。

ジュスタンは小さな束を手に取った。かなり汚れた白い紐で結わえてある。それには五、六通の手紙の束。透かし模様の美しい紙にタイプライターで打ってあったが、一通だけは丁寧な手書き。どれも封筒はない。……日付入り……同様のものが順番に纏《まと》めてある。

三月八日

私は一階に下りた。あなたに電話をした。いや、あなたと話すためではない。あなたの声を聞くために。

おそらく、あなたはこう答えただろう、

「もしもし」

あなたは沈黙に耐えられずに、何か言葉を発したかもしれない。

しかしあなたの応答はなかった。

私の耳は沈黙の暗い隙間に沈んだ。ありもしない電話の会話に縋《すが》りついて、いきなりの沈黙のために耳を擦《こす》るなんて滑稽なことだ。

愛に至る二筋の道。まず会うこと、次に欲すること。

そういうわけで私はその道を歩いた。正直に話そう。

ブランシュ、あなたは特別な女《ひと》ではない。人があなたに気づかないことさえあり得る。

しかし私は機械を、その立てる音でコントロールすることに慣れている。

声の響きから、あなたの思考の歩みと、心臓の鼓動を聞き取れる。あなたの欲望はどのように起こり、どのように満たされるのか。あなたの声によってあなたがどのように生きているのかわかる。私は耳を澄ます。工場の選別作業で、女工たちが不完全な品を排除しないことを知っている。品物に欠陥はないのだ。しかし私の見聞きしたことについては話さないことにしよう。人が客観的に、そして無関心に口にすることは全部話した。そして讃辞へと進むべきなのだろう。私はあなたを賞讃したくない。賞讃することは恩を売ることだから。今は賞讃より私の欲望へと向かおう。

それを話すのは難しい。しかしあなたは私が手紙を書くことを許してくれたのだから、私があなたに愛を語ることをわかっていたのだ。

最大の都市であってもそれに慣れてくると狭く感じるようになり、小さく田舎臭くなるものだ。

都市それぞれの匂いというものがある。そしてどんなものでもその匂いによって、どこの田舎の出であるかを露呈してしまう。

あなたの髪の香りは、私にとって絶対に田舎臭くはならない唯一の都市の香りなのだ。

あなたの手の上に身を屈《かが》めることができる。

そして、衣《きぬ》ずれの音や、焦燥に駆られて読むこともなく破ってしまった手紙の微かな音を聞くことができる。

私はそこに隠喩《メタファー》を残し、とても単純に、ことの次第を話すつもりだ。

私は自分自身をコントロールする力を失いたくないのだ。

私は、あなたが私を愛してくれることだけを夢見たいのだ。

私はまた、あなたが、私のものであり得るということしか考えてこなかった。ほとんどそれだけだ。

今、私はただあなたを抱き締めたい。そのことで苦しんでいる。

私は頭をテーブルに伏せ、あなたを抱き締めたい欲望に駆られている。

あなたは私に言う。「いけません、それはひどいことになるでしょう」

私は頭をテーブルに打ちつけ、そして繰り返す、「それはひどいことになるのか！」

しかし今もあなたを抱き締めたい。

電話すべきでないことはよくわかっていた。もっともらしい理由をつけてそうしたのだ。礼儀からとか、こんなふうに姿を消してしまい、あなたのことを聞こうとしないのは礼儀に反しているからとか。私は電話した。応答はなかった。
私はだんだん大胆になった。
そして、私が慎重さをなくしてしまったとき、電話が突然、応答したのだ……
あなたはわかっている。ブランシュ、たった一通の手紙でしくじることがあるのを。
自分がすでにあなたに言ってしまったことを、どうやって繰り返すことができたのか。
ブランシュというあなたの名前だけを。
私はあなたに、まったく別のことを言いたかった。
あなたに言いたかった。
あなたを愛している、と。

B

次の手紙は同じ日付で、手書きのきちんとした筆跡で書かれていた。

三月八日

ブランシュ！　約束の手紙を書き終えるには、夜の長さは十分とはいえない。寒かった。戻ると私はドアを開けるのに苦労した。それほど手が冷たかった。
まったく、何と寒かったことか。ストーブの傍でさえ体は暖まらなかった。今、朝の七時。一日の仕事がまた始まる。今日は、やることが山のようにあるだろう。時化《しけ》のときに海にいるように。

しかし、それでも私はあなたに約束した手紙を書くことにする。何としてでも明朝までに書いてしまうつもりだ。ブランシュ！　あなたは、私に何が起きたか知っているだろうか？　私は飛行機から飛んだのだ……

そのとき、私は高さの感覚を失っていた。そのとき、パリの灰色の市街図は周囲の田舎と溶け合っていた。私は操縦室を出た、トラップを開け飛び降りた、あなた、あなたにはどうなるかわかるだろう。

飛び降りると息が詰まった。心臓は止まりそうだった。どういうことはない、レースに追いつくにはゆっくりすぎただけだ。ブランシュ、雲の上から落下するのは恐いことではない。屋根から落ちるほうがずっと恐ろしい。屋根から落ちて自殺することはできるが、雲からは……どうやっても高すぎるのだ……

ある異常さが私を驚かす、この落下は燃えるように空気を熱くするはずだった。それなのに私は、私は寒い。私は震えている。隠喩《メタファー》ではなく、実際はどんなふうなのか？私の望みはケ・オ・フルール通りに落ちることだ。その他はどうでもいい。物事が起こるべくして起きるように。それだけ。ケ・オ・フルール通りの敷石の上に頭から落ちること。感傷的すぎるかもしれないが。

ブラア、ア、ア、ア、アン、シュ！

B

これら同じ日付の二通の手紙のあいだには何かが起きていた……Bはその朝、きちんとタイプを打って手紙を出したに違いない。その夜、彼はブランシュに会った。そして何事かが二人のあいだに起きた……それで、彼は手紙を書くと言った……たくさんのページ、そこにBは夜のうちに書き終えることができず、次の夜に書くと約束したその手紙に違いない……それは手の込んだ文学的なものになりそうだった。そしてページの組み方にさえも注意が払われていた。

ブランシュへの手紙（隠喩なしの真実）

三月十二―十三日

何という日か。ブランシュ、何という日だろう。
昨夜の嵐で船の一隻に大きな被害が出た。死傷者はないが物的には手痛い打撃だ。
一方で、我々はフランスにおよそ五億フランをもたらす取引に成功した。あなたの友人、観察者兼報道官の、あの物に動じない、ピエール・ラブルガドでさえ、おそらくそれには驚いただろう。失敗にせよ成功にせよ、こんな日は稀だ。

疲れた。今、夜の十一時。しかしこの手紙は今夜中に書かなければならない。それはあなたとの約束、それが私に重くのしかかる。

私は手紙を書くために恐れにも似た感情に包まれてタイプライターの前に座っている。自分の仕事の難しさと、自分の凡庸さが恐い。

私はあなたの前では自分を守る術《すべ》もない。市民権も奪われ、ほとんど追放状態だ。たとえあなたから二十四時間の猶予を勝ち取ったとしても。

あなたは手紙を書くことを許してくれた。私もそれにつけこんだ。わずかな希望を自分の可能性の中に置いた。あなたの天賦の才能の中にではなく、このような言い方を許してもらえば、今日、あなたは、見事なやり方で私を罵倒した。お世辞でなく、私の最も穏やかな幼年期から今に至るまで、誰も、これ以上うまくやることはできなかったというくらいに。

青ざめた耳に押し当てた受話器が赤くなるのが見えるほどだったが、この罵倒に私は傷つけられなかったし、苦痛を感じることもなかった。

私にとって、正義の感覚は自尊心より強いものだった。あなたは、厳しさにおいて正しい。私は容認されざるやり方で振舞った。あなたの叱責は冷酷で知的で明快だった。ありがとう、ブランシュ、心の底から。私にとってつらいのは、あなたが直ちに二人が会うことを禁じたことだ。

事件が結審する前に、あなたは五分で判決を下してしまった。それはもはや叱責でなく侮辱だ。気詰まりな電話の傍で私は恥じ入って死にそうになった。しかし私はあなたの判決と、あなたが私に与えた傷を甘んじて受け入れなければならない。あなたに抱く尊敬と、あなたへの最も強烈な感謝ゆえに私は抗議しない。あなたの傍で何年も暮らした人でさえ、あなたを知ったという唯一の事実に対して、私が感じているほどの深い感謝の念を覚えることはないだろう……

ジュスタンは続きにもざっと目を通した……Bは何か失敗かあやまちを犯した。ジュスタンにはそれが何であるかわからない。

行為の過失についてあなたが話すのは、私のどのような意図を疑ったのだろうか？　私のことを知らないのに、私について何も知らないのに！　いまだかつてあなたに私の考えを話したことがあっただろうか？　思い出してほしい……絶対にない。

おやおや、ジュスタンはひとりごとを言った。約束違反だって？　このブランシュは、Bとの結婚を望んでいた。Bはその微妙な状況から抜け出そうとしていることがジュスタンには不愉快だった……

……たとえそれを話したとしても、あなたは信じなかっただろう。あなたと私のあいだでは馬鹿げたことだ。私は十分に洗練され、教養もあり、そのうえ、極端な言い方が許されるなら背徳者でさえある。私を異常者とみなしても、あなたも私も原初的法か何かに縛られることはない。

あなたは私に、どんな種類の、どんな感情も持っていなかったと言う。あなたが私を知らないということではない。あなたが、私にあてはめることができるような感情を素早く選択できなかったということだ。

このことを話すのは今となっては手遅れ、あなたが見つけられなかった結論をそっと伝えることを許してほしい。

あらゆるケースと同様に、ためらわずに嫌悪感だけを感じるよう決心してほしい。危険を冒さずにやりなさい。私を嫌悪してくれと頼んでいるのではない。そうしたほうがいいと忠告しているだけだ。それが最もあなたに負担をかけない――私を嫌うことが。

アスピリンはいらない。ブランシュ、私は体の心配なんかしない。私は病気ではない。華氏九六度五分の体温は脳のうっ血ではないし、人はそんなことでは死なない。

熱のせいでフランスのために五億フランを稼げなくなったりはしない。熱のせいで海で失った損失を埋め合わせできなくなったりはしない。

救命ブイのようなピエール・ラブルガドと一緒に、無人島に下船しようとするのは、古風なやり方にすぎないだろう。

そして、もし私が看護を、あなたを、必要としたとしても、どんな薬も受け取らなかっただろう、ブランシュ。私にはその権利はない。あなたがピエール・ラブルガドと結んだのと同じような契約を私と結んでくれることが、予想以上のものを与えてくれた。そしてそれが会話の最後で許しの様相をもたらした。この振舞いにおける寛大さについては、あなたに感謝するばかりだ。あなたと恋に落ちるには、ほんの少しのことで十分だっただろう。

それでもあなたの申し出を私は断わる。悪く思わないでほしい。もう私を知人としてくれなくてもかまわない――私にとっては光栄にすぎ、あなたにとっては困難すぎることだった。

しかし、私の行為を理解しようと苦労することは、それだけの意味がある。むしろ稀なケースだ。すべての行為がいつもの歩調であるのは私が何もあなたに望まず、期待せず、何も要求しないからだ。しかし、私は早急にすぎた。まるで急に戻るばねのようだ。私はあなたを愛している。私の時計が進もうが遅れようが、それで何が変わるというのか？　あなたがどのように思おうと、もう何も変わりはしない。それは私の問題だ。そして私は誰にも愛する許可を求めたりはしない、あなたに対してさえ。あなたへの私の愛を、あなたに話すには、許可が必要だ。それはもうあなたからもらっている。あなたは知るべきだ。私が愛について何も期待していないことを、あなたがそれを受け入れてくれるとは全然考えていなかったことを。

私は愛についてあなたより多くの経験をしていると思う。愛にまったく関わってこなかったにもかかわらず。

私は仕事に押し潰された男だ。これは言い訳だ。そうだろう？　あなたの傍での私の可能性などない、ということを知るだけの経験を積んでいる。私はあなたを獲得できなかった。あなたを獲得すること、それは問題外だった。だから私は賭けなかった。絶対に私は、自分の人生であなたに対するほどには他の女に対して誠実ではなかった。

私はあなたに、たったひとつの状況、たったひとつの動きだけを隠した。あなたにそれを打ち明けることはとてもつらく、まったく無益なことだ。

もしこの秘密を心の中にとどめるのが許されるなら、あなたに感謝したい。

たとえ私が今日、すでに石臼で挽き、粉々になってしまった穀物だったとしても、昨日よりあなたを愛さないということではないし、これまで以上に愛するかもしれない。以前のように何も期待していないし、何であれ何かをあなたから得ようなどとは思いもよらないことだ。夢見ることさえも。

私の望みのすべては、あなたに会うこと。そしてあなたの名を口にするとき、恥ずかしさで赤面しない権利を得たい。
ブランシュ、
もう一度、私の頭をすっきりさせてくれないだろうか？

B

ブランシュ、私の光よ、もうあなたに手紙は書かない。あなたに本質的なことを、言ってはならないことを言ってしまいそうだから。

三月十五日

ブランシュ、
あなたの手紙を読んだ。

つらい、ああ、つらいよ、ブランシュ！

私はキリスト教徒が聖書を読むように、毎日この手紙を読むことにする。

いつか五十歳を過ぎ、もはや恥も愛も苦しみもなくなったとき、自伝の代わりにこれを出版するだろう。

私は自分を、物体のように感じている。聡明で巧みな手がふさわしい場所に戻されたように。ありがとう。あなたに会う権利を返してくれて。

あなたに会った後、私はいつも、より強く、より賢くなったように感じる。

B

ジュスタンは手紙を机の上に放り出すと立ち上がった。これらすべて、当事者たちだけが関心を持ち得るものだ。彼は伸びをし、欠伸をし、再び肘掛椅子を押しやった。

静寂……夜の静けさはこの家の最上のもののひとつ。ジュスタンは、いまやようやく遅れて来た睡魔に襲われた。朝のスクーターの音は彼の眠りの妨げにならなかった。六時にはすでに目を覚ます習慣があったからだ。明日、散歩に行こう、遠くへ。彼の足は少しずつしなやかさを取り戻していた。彼は遠くまで足をのばすことにした。

ジュスタンは階段を上ると、寝室のドアを押し、明りをつけた。この明るく贅沢な葉巻の箱の中で、化粧台の乳白色ガラスがばら色や緑色に輝いていた。彼は、またも誰かの家、見知らぬ女の親密さの中に踏み込んだような感じがして、そのことでまた、苛立ちの感情を覚えた。すべては彼のもので、彼は自分の家にいるのに。前の住人は、自分の手紙を放ったままにしておかなければよかったのだ。

ジュスタンはテラスに出て春の湿り気を含んだ夜気を吸い込んだ。一体、誰と一緒にここに来たのだろうか、あのブランシュは？　政治家？　そうに違いない、その恋人はフランスのために五億フランを守ることができたというから……おそらく彼ら二人とも理工科学校《ポリテクニーク》の卒業生。政治家はあんなふうだから自分の仕事ではない、ただひとつの望みがあった。それは文学をやること。愛情を注ぎ込んで創作をし、自分の作家としての才能に不満を持つことはなく、「新フランス評論」の連中にひけを取らないと、密かに思いながら、創作をしていた……彼の趣味は絶対の秘密だった。この男は門先に守衛を置き、オートバイの先導で移動する車に乗るような男であるにもかかわらず、中学生のような恋をしていた。それでブランシュはその男に無理なことでもさせていたのだろう！　それなのに、あのブランシュは多分ここへ、ジャーナリストのピエール・ラブルガドと来たのだ。馬鹿げている……あのブランシュ、ジャーナリスト。ジュスタンは心の中にいわばいまいましい思いを抱いた。他人の親密さは常に何かやり切れないものだ。ホテルの仕切り越しに聞こえてくる、「この可愛いお尻は誰のもの？――ジョゼフのものよ！……」そしてホールで、レジオンドヌール勲章の略綬をつけた、かなり年配の紳士が立派な奥方を伴ったのと出くわす。奥方が「ジョゼフ！　急ぎなさいよ、汽車に乗り遅れるわよ！」と呼ぶ声を聞かされると信じられないような気がする。

ブランシュが放ったままにしていたこれらの恋文、それに下品さはなく、内密の手紙ではないと思われた。そして、それを書いた二人の男は彼ら自身の最良のときに、最高の状態で現われたに違いなかった。陶酔のすべての愚かさをもって。

ジュスタン・メルラン、彼自身も秘密の関係を持つことに熱心だった。撮影にもとかくの噂が囁かれたが、その噂によって重大な影響をもたらされることはなかった。

彼は女というものを知っていた！　女たちはすべて誘われればついて来る。女たちの夢が叶うかどうかは多くの場合、彼次第であると思えばいい。人は彼が不死身で、もっぱら映画の収益に没頭しているということを知っているがゆえに、彼の不品行や、あら探しをするのだった。彼にもそうした要素があっただろう。縁まで青い彼の目、そして歳と共に少しずつ後退する髪の毛の光輪――容貌が彼をあまりに下品な憶測からある程度保護していた。たとえば彼を好色な修道士として想像することは、何か冒瀆的な感じがする。仮に不品行なことがあったとしたら、それは異常だったに違いない……いや、彼の一側面は人々の重大な関心を引き起こすことはなかった。創造者としての才能が遮蔽幕となっていたのだ。

ジュスタン自身、父なる神のように創造していたし、そのことが尊敬の念を起こさせていたから。世の中と同じように、彼の作品においてはすべてが相互依存している。そこでは作品の合理性から訳のわからない異常な状態、無意識から生まれた美により、ジュスタン・メルランに正当性が与えられているように思われた……

この夜、ジュスタンはなかなか眠れなかった。ここでの静寂は特別で、普通の静けさでは感じ取れないざわめきとか、軽い層のようなもので覆いつくされた中のごくわずかな音を聞き取ることができた。ここでは剝き出しの静寂があった。ジュスタンには壁をゆっくり伝う蠅、電力線の中を流れる電気、夜の馨《かぐわ》しさの波がテラスから自分の方へ漂ってくるように思われた。それは何か声のよう。スイッチが消されていても光のついているラジオの奥に押し込められた音楽のようだった。何かが放たれたがっている……ジュスタンは数回明りをつけたり消したりした。そのとき乳白色ガラスが輝き、振子時計が時刻を示していた。彼は白々とした光と共に眠りについた。そして最初のスクーターの音ですぐに起こされた。まもなく六時半だった。彼は起きた。どうにか疲れは取れている。毛の手袋型ブラシで、小太りでとても白く、体毛の少ない体を擦《こす》った。鼻歌を歌い軽く口笛を吹く。素晴らしく気分がいい。

ジュスタンの白いシトロエンは、マフラーから心を引き裂くような息を吐き出すと、スムーズに方向転換をし、すいすいと丘陵を上ったり下ったりした。ジュスタンは、二〇キロほど走ったら、車を乗り捨てて歩くつもりだった……魅力的な場所を見つけたら、すぐ停まろうと思っていた。

車は、なおも透き通るような明るい若葉の森を抜けて走っていた。樹齢百年の幹にも枝は若葉を茂らせている……ジュスタンはまだ車から降りる決心がつかなかった。五〇キロ、六〇キロ、七〇キロ……木々がとぎれたところに現れたオーベルジュ（郊外の宿泊できる民芸風レストラン）の前で彼は車を停めた。オーベルジュとしては大きい。ジュスタンは中に入り、まだチョッキしか着ていない、ぼろ靴を履いたボーイにコーヒーを注文した。テラスはガラス張りで日が射し込むという本物の温室で……ガラスの向こうには手入れの行き届いた広い庭園がある。白く石灰化した木の幹、ヌヴェール（フランス中央部の都市。彩色陶磁器の産地）の青と白の大きな花瓶には、まだ花は挿してなく、澄み切った水の入った盤の上に置かれてあった。円いテーブルの周りにはニス塗りたての椅子、エメラルドグリーンのペンキに塗り替えたばかりのような芝生。帯状の花壇は黒い細かく固まった土を見せている。驚くほどたくさんの桜草が群生していて、そこにモーヴ、黄、白が溢れていた。素晴らしい。車をここに置き、散歩の後で昼食をとることにしてジュスタンは歩き出した。機会があれば美食をとるのが彼の好みだった。

オーベルジュは十字路にあった。ジュスタンが通って来た道路は平坦で、どこかの村落に続いている。他の一本は上りになっていて、それと直角に交わっているというより、むしろこの二本の道路がほとんど平行していた。ジュスタンは矢印のある標識に気を惹かれて、そのうちの一本の道を進むことに決めた。

「死せる馬」キャンプ場

ほう、魅力的じゃないか！　道路は上りになり矢印は天を指していた。ジュスタンはその道に沿って進んだ。

道路は新しく、アスファルトは黒光りし、靴の底にくっついてくる。やがてその道路は大きなカーブに消え、二つ目のカーブから道に沿って見渡す限り雑多な茂みが広がっている。風はジュスタンのローデン製のマント（オーストリア貴族が着用していた圧縮ニットの狩猟用防寒コート）を舞い上げ、彼の頭の光輪を乱した。溢れるような喜びが腿《もも》にばねのように弾みをつけ、まるでモーターのように、上り道に疲れも見せず彼を運んで行く。風景がひらけてきた。新しく舗装された道路が、彼の歩いている道を横切って高い丘の中腹に黒い網を投げていた。道路脇の斜面は、大きな石、岩石の破片、まだ花が咲き始めていないヒース、それから棘のある茂みや苔で覆われていた……空はますます大きく、次第に青く、あちらこちらに広がる雲は、白く丸みを帯び羽をなくしつつある、ふくらんだ鴨のようだ。日差しは次第に強くなり、登っているジュスタンには本当に太陽に近づいているように感じられた。

　ゆうに一時間は登った。「死せる馬」キャンプ場の標識は他の道に出くわすたびに現れたが、矢印は同時に二方向を示していた。どちらを選ぶこともでき、どちらの道でもそこに行ける。キャンプ場はかなり大きいに違いなかった……ある高さまで来ると、最近植えられたばかりの樅の木々が岩の破片のあいだ、ヒースの生えている中に現われた。樅の木はうまく根づいていなくて葉の色が悪く、動物園の動物のようだった。傾斜のついたカーブを過ぎると、ジュスタンは石と棘のある茂みの真ん中に、何かシート付きのトラックのようなものがあることに気がついた……その小さくて奇妙な建物をよく見ようと立ち止まった……広告塔か博覧会の小さなパビリオンのようだった……一体、何だろう？　途方もなく大きな日用品、木靴《サボ》とかアイロン。何でできているのか？　紙粘土？　プラスチック素材？　新しいときは鮮明な色だっただろうが、今は汚れ、色褪せていた。ちょっとしたカーテンのある小さな窓のいくつか……この奇妙な汚い小さな家に住むのはどんなアニメーションの中の生きものだろう？　ジュスタンは戻り道で、それを近くからもっとよく見ようと決めた。今、彼はもっと高く登りたかったし、キャンプ場も見たかった。それにもっと広い視界がひらけるかもしれないし。再び早足で歩き出す。やがて現れた二本の支柱の上の巨大な看板には白地に黒い字でこう書かれていた。

「死せる馬」キャンプ場

それはテントが触れんばかりに林立した大きな台地だった。ジュスタンが歩いて来た道は、その険しい斜面の縁に沿って続いていた。ジュスタンはキャンプ場に背を向けて、素晴らしくひらけた視界を眺めた。石ころだらけの斜面はさまざまな角度で交差し、森の大きな明るい色彩のところまで広がっている。その先は平坦で畑が果てしなく広がっている。それらすべては地平線の少しぎざぎざした森で縁どられている……なんと素晴らしい国だろう、フランスは！　三歩も歩けば他の国かと思うような違った風景の中に入り込んでしまう、それもまた、フランスなのだ。風が大量の埃と砂を舞い上げ、ジュスタンの厚地のマントの下に吹き込んだ。彼は踏んばって道を横切った……彼はいまやキャンプ場そのものの土地を歩いていた。

誰もいない……キャンプ場はシーズンオフだからまだ開いているはずもなく、そんなに早く人を迎える準備がされているはずもなかった。足の下の地面はでこぼこ、穴だらけ。黄色い枯草の茂みは物乞い女の長いスカートの裾のような色褪せたテントの布で擦《こす》られていた。雨ざらしの洗面台の列はペンキが剝がれ、至るところに錆が出ていた。水のない大きなプールのセメントの底は、ひどくひび割れていた……風は、十基ほど並んでいるトイレの戸をばたばたさせていた。バレエのダンサーそのものだ！　すべては巨大で完全に見棄てられていた。栗色のテント、それはアメリカ軍の払い下げ物資の大きくて不気味な共同寝室で、そこに来るとジュスタンは軽いめまいのようなものさえ感じた。彼はこのキャンプ場が人、遊び、叫び声、若さ、日焼けした肌で溢れた様子を想像しようとしたが駄目だった。やがて風がうんざりするほどひどくなってきた。ジュスタンはぎっしり詰まったテントの列のあいだに入り込み、シーズンにはキャンプ場の管理人が使う馬鹿でかい建物の方へ歩いた。かなり大きな三階建ての、何の変哲もない立方体の白い建物で、明らかに残りの建物と同じように見棄てられていた。それでも鎧戸は開いていて、窓ガラスはまじろぎもせず大きく見開かれた義眼のようにきらきらと光っていた。ジュスタンは近づき、念のため上部に「バー」と読める戸を押してみた。戸には南京錠がかけられ、閉まっているはずと思っていた……しかし、戸は押されるままに開いた！　ジュスタンはしまった、と思った。

戸口の敷居の上で立ち止まり、彼は、すべてがプラスチック素材でできている埃まみれの荒廃した場所を眺めた。

——誰かいますか？　彼は大声で言い、ちょっと間《ま》をおいてもう一度言った。

——誰もいないのですか？

誰もいないのは確かだった。中へ入る。リノリウム風化粧材の敷物を剝がそうとした跡があちらこちらにあり、傷ついて肉のはみ出た汚い皮膚の断片のようになっていた。バーのカウンターはガラス張りの一角にあり、ガラスの表面についた埃に遮られることなく日の光が燦々と射し込んでいた。光はカウンターの後ろの空壜や、欠けたガラス製品の中や、マホガニー風の化粧合板が反ってひびが入ってへこんでしまったその上で戯れていた……造花のバラの花束が、ほろ酔い加減の男がすりよって来たときのようにアルコール臭く息の詰まるような空気の中で色褪せていた。ジュスタンは早々に退散して風にあたりに行った。

建物を背にして空箱に腰掛け、天と地の素晴らしい作品で満たされた風景を眺め、しばし時を過ごした。

彼が再びそのオーベルジュを探しあてたのは、昼食の時間を過ぎた頃だった。やっとのことでそこを見つけ出した。どの道もみな新しくてそっくりだったので、何度も方向を間違えたのだ。自分が登って来た丘陵の斜面とは反対の斜面を下りてしまったのだ。その結果下に着いてから丘陵の麓を一周するはめになり、名前を聞き忘れたこのいまいましいオーベルジュを探しなおさねばならなかった。

それゆえにオードヴルがすっかり用意された食卓の前に座るととても満足した。空腹だったから非常に美味しいと思った。それにこのオーベルジュの主人さえも、今は白い上衣をぱりっと着こんで立派だった。主人はホテル経営者の直感で、ローデンのマントとゆったりとした上衣を着たこの客が「たいした人物」であるのに気づいていた。平日で、このオーベルジュの食堂はまるで閑散としていたので、主人はジュスタンに注意力のすべてを傾け、ジュスタンが野菜とアントルメを断わったときは力を落とし、コーヒーのときは一緒に飲むだけでなく会話の種を探し求めた。彼は家長としての親しみの持てるいい顔をしていて、大きなくたびれたような足をしていた。

あの高台のキャンプ場のことですか？　それは、話せば長くなります！　この辺りはキャンパーたちにとても人気がありまして、行く先々にキャンプ場があります。この地域を出たところや川沿いに……しかし水不足のせいでキャンパーたちは高台には行けません。眺めは素晴らしくて蚊も少ないのですが……本当に山に行ったような気がしますよ！　夏は清々しい空気が、大気がいつもあって……たとえば毒蛇はプラネールキャンプ場より少ないのですよ。あそこは岩場もあって絵のようですが毒蛇がいるのです、隠そうとしても無駄ですよ、いるのですから。高台に行くことは皆の夢でして、誰もが言うように常にこの水の問題があるのです……ここにキャンプ場を開設するというのは、まったく桁はずれの人物でなければならなかったのです……話せば長くなります、お客さん、その実業家は……まず第一に、彼は信用を勝ち獲りました。彼はこの地方に商売のために来たのではなくて、理想の高台のキャンプ場の話を聞いたからだということです……彼はただ単に自分が住みたいからという理由でラ・ヴェイズの城館を買い取り、工事させましたが、それは見ものでしたよ！　本当の廃墟でした、その城館はまったくの廃墟だったのです……皆はこう思いました、冗談じゃない、ひと財産注ぎ込んでも無理だろうと！　ところがなんとその古い廃墟は宝石のようになる見込みが十分あったのです！　彼が、男爵が支払わねばならなかったもの、それはまあ別のことですが……少なくとも一千万フランは下らなかったでしょう。彼は時々、私どものところへ、ここにやって来ました、昼食とか夕食に……取り巻き連中を連れて来たものです。気品のある方ですよ！　まるでピオ十二世（一八七六―一九五八。ローマ教皇）のようでして……鷲鼻で背が高く、痩せていて少し猫背でした……

――いくつくらい？　その男爵を想像したくてたまらないジュスタンは尋ねた。

――そうですね……六、七年前、せいぜい五十歳くらいに見えましたから、今は初老というところでしょうか……

――彼はまだいるの？

――ええ、ずっと……

――君の話の腰を折ってしまったね……さあ、続けてください。差し支えなかったら私と一杯やりませんか？……

――それはもう喜んで……ただ私は今からバーの方にいなければならないのです。昼食の時間が過ぎましたので、この時期、平日は人件費を節約しなければなりませんので……

――そうだね、バーの方へ移ろう……

レストラン兼用のホテルの主人はバーで、言い訳をしながらジュスタンにコーヒーを出した。バーはレストランの客のための場所ではなく、どちらかといえば通りがかりの客のための場所だった……彼はジュスタンを大理石のテーブルの、レザー貼りの長椅子に座らせると、自分はカウンターの向こう側に行った。ジュスタンはパイプに火をつけ話の続きを頼んだ。バーは誰もいなかったのではばかることなく、部屋の向こう側とこちらとで会話を続けることができた。

――それでは、と、ジュスタンは言った。あなたはその方が、男爵が、ずっとこの地域にいると言っておられたが……

――ええ、でもただ仮釈放中なのですよ！

――おやおや……

――そうでしょう、お客さん、事業に携わる人はしまいには頭がおかしくなってしまうのではないかと思います……ホテルの主人はアルマニャックのブランデーの壜を持って来て、二つの大きなブランデーグラスに注いだ。

――さあ、お飲みになればわかりますよ、お客さん、これは店のとっておきのものでして……

彼はジュスタンが味わい、それを認めるのを待って、それからカウンターの向こう側に自分のグラスを持って移った。

――先程の話に戻りますが、実業家というものは皆、頭がおかしくなるのですよ。彼らは止めるということを知りません。何の必要があってか、ド＝ヴェヴェル様、つまり男爵などという人たちは、使い切れないほどの金を持つと事業に首をつっこむものです……男爵は株式会社を設立しました。株式会社「死せる馬」キャンプ場です。

――男爵は、「死せる馬」という名前がいいと思ったのだろうか？

――それは彼の責任ではありません、それはどうすることもできなかったので……ずっと以前からの土地の名前なのです……名前を変えようとしたのですが、どうしても駄目でした！　私に言わせれば、お客さん、このご贔屓のオーベルジュが、「王の三騎士」という看板を持っているとしても意味がないということです、人はこの地域ではずっと「死せる馬」と呼んでいますからね……

二人はそろって笑い出した。オーベルジュの主人は重苦しく疲れたような顔つきで、老いた皮膚は厚くなりニキビ、傷、皺、できものの痕跡ででこぼこしていた。要するに、と主人は言った。男爵は資本金を集めました……彼は大きなことをもくろんでいたのです。高台のキャンプ場がキャンパーたちに、最高の快適な設備を提供しなければならないこと。これでもうキャンパーたちは、テントやその他のいろいろ、厄介なものを持ち歩かなくても、その場所に設備一式がそろっているのです。要するにそれはテント用布地製のホテルで、食事の支度が煩わしい日は買い物のために村まで下ったりしないでも食堂に行けるのです。遠くまでビストロを探しに行く必要はありません。というのもこのオーベルジュがありますし、手頃なところや、他の店を見つけに行くのには何十キロもあるからです。高台にはプール、ダンスホール、テニスコート、ミニゴルフ場までありました……人々はそこで、何でも、ラジオまで借りることができたのです。桁はずれの資本金が道路網の建設に注ぎ込まれました……人々は絶え間ない車の列をあてにしていました……当然のことに水道、電気、電話を引きました……

男がひとり入って来てビールを注文した。ひと息に飲み干すと金をカウンターの上に投げ出して行く。すぐにエンジンの始動の音が聞こえた。

——それで？　ジュスタン・メルランは言った。

——それで……バーテン兼オーベルジュの主人は、ドライバーが残した泡を拭き取ってその小ジョッキを片づけた。それで、彼らは馬鹿げたことをやり始めました。まず、キャンプ場の管理人ですが……彼らがどこからその男を連れて来たのか知りませんが、上流神士の気晴らしの場所の管理人というよりは、ドイツのキャンプ場の監視人《カポ》のような奴でした。彼は大声を立てて、彼の周りの人たちをそこへ連れ込むのにやっきになっていました。彼にはしっかりと管理する能力だけが欠けていました……それでうまくゆかなかったのです。スキャンダル、揉めごと、それに殴り合いさえありました。人々は満足することなく再び高台を下りたのです。それはここにいても聞こえてきました。聞こえたのです！　こんなやり方には馴染めない人がいました……そういった金持ちたちは私どものところで昼食をとることができました。はじめはたくさんの人がおりまして、高台に行くのが流行のようでした。それほど準備ができていないのにもかかわらず……

皆が言いました、ああ、なんて美しいんだろう、なんて素晴らしいんだ、空気が、パノラマが、静けさが……と。もう山に行く必要がない！　それから別の嫌な奴が、水道の蛇口がよく締まらないとか、月明りで抱き合っている恋人たちがいるとか、日の出から早くも馬鹿笑いする者がいるとか、難題を吹っかけてきました……けれども、破滅のもとになる大きな事件が起こったのはずっと後でした……というのも、とにかく、順調すぎるほどうまくいっていましたから。そしてこの地域の他のすべてのキャンプ場の持主たちは「死せる馬」の成功に恐れを抱き、その連中が倒産に追い込むために共謀したのです。つまり、奴らなのです。あるいは男爵の株式会社のせいだったかもわかりませんが。奴らは「死せる馬」が酒類の販売許可が認められなくなるようにしむけたのです。そして「死せる馬」が許可を取れないことがすぐに明白となりました！　酒類なしのキャンプ場だったのです……管理人を、その犬のような奴を現行犯で捕えるのはたやすいことでした。管理人はやむを得ず許可なしで酒の販売をしていました。罰金の埋め合わせのために貸しテントの代金を三倍にしました……これではうまくゆくはずはありません。今日はこの料金、明日は別の料金というのでは……人々は腹を立てました。男爵は経営のこのような細かいことには関わりませんでした。彼にとって大事なのは理念で、資本金でした……彼はこの地域を、庶民を事業に関わらせ金を集めるためのセールスマンでいっぱいにしていました……訪問セールスマンはそのことについて大げさにしゃべりました。大げさに！　あの高台で、キャンパーが必要とするものすべてを賄う店とか、キオスクを開きなさいと……縫い糸、エスパドリーユと麦藁帽子……缶詰と燃料のアルコール……急ぐ必要があると彼らは言っていました……他の人に場所を取られないうちに……小商人《こあきんど》たちはなけなしの金を払って、もう死んだも同然の事業の株主になりました……

――それでは、その男爵はペテン師じゃないか！

――そうかもしれませんね、お客さん……それで保釈になったのです、その保釈について、私はあなたにもうお話しましたが。大きな倒産でした。何百人という庶民の破産でした。すべては中止されました。道路の建設、キャンプ場の整備もです。バーも食堂も閉められました……

――そして、男爵は自由に動き回っているのかね？

――ほら、お客さん、噂をすれば……

男がひとり入って来た……背が高く、猫背に汚い羊の皮付き上衣をはおり、ベレー帽を目深に被っていた。彼は暗褐色の垂れ下がった瞼の奥の小さな目で、ジュスタン・メルランに鋭い視線を投げかけてじろりと見た。そして手袋をはめた手でボンジュールの合図を店の主人にしてから「やあ、アントワーヌ……」と甲高い声で言った。ジュスタンはパイプの灰を落とした……アントワーヌは、このコツコツという音を勘定書の合図ととって――「はい、ただいま、お客さん！」――そして彼はレストランの中に消えた。男爵はまるで観察されるままのほうがいいと言わんばかりに身動きしなかった。とがった鷲鼻、髭の剃ってない垂れ下がった頬、彼の衣服のカナディアンコート、くたびれた乗馬ズボンなどの色合いにちょっと似ている肝臓病患者特有の顔色……片肘をバーのカウンターにつき、上体をのけぞらせ、顎を上げた投げやりな物腰をしていたが、彼は悲喜劇的優雅さを身につけていた。とにかくそれでも優雅だった。アントワーヌは勘定書を持って戻って来た。

彼はジュスタン・メルランを、わざわざ車まで送りに来た。

——何という時代でしょう、お客さん、——彼はジュスタンの前でドアを開けて言った——私たちの時代はキャンプなんかしませんでした。けれどそれで体の調子がよくなかったでしょうか？　私の考えでは逆に、それだからこそバランスがとれていたということです……

——そうかもしれないね、アントワーヌ……ジュスタンは彼の白いシトロエンに乗り込んだ——男爵がここでやったことはあまり感心したことではないね……庶民を喰いものにするとは……

——ええ、あまりいいことではありません……しかし結局のところ、彼らは安易な儲けを追いかけたりしなければよかったのです。この私が男爵に私の貯金を預けたりしたでしょうか、子どもたちの将来を？　今の時代にはもう道徳なんかありません。そうでしょう、本当ですよ、お客さん、陰に女がいたのです……その女が彼の気力を萎えさせてしまったのです。

——女だって！　しかし君は私にそれを隠していたね、アントワーヌ！　そのことを帰るときになって言うなんて！　結末までわかったと思っていたのに！　また来る必要があるね……ジュスタンはハンドルに手を置き、

――また来るよ、とても美味かった、それに君といて、とても楽しい時を過ごした……ありがとう、アントワーヌ。

ジュスタンはアントワーヌに再びたくさんのチップを渡すと車をスタートさせた。

日は長くなっていた。結局のところ、キャンプ場への散歩、昼食、アントワーヌとの長い会話をした後、ジュスタンはまだ日が高い道路を走っていた。自分のところ、自分の家に戻るという満足感に浸りながら車を走らせていた。寝室を、書斎を、書斎机の上の手紙の束を思い描いて……そうだ、突然彼は、あれらの手紙にもう一度ざっと目を通したいと思った。彼は平均時速一〇〇キロで走り、ここの持主だという満足感をもって鉄格子の門を開け、車をガレージに入れた。そして台所と、くすんだこの時刻、鎧戸を通して射し込む太陽の光が赤いタイル貼りの食堂に黄色の縞模様を映し出す中を通り抜けた……小さなホールにローデンのマントを脱ぎ棄て、書斎に入る。

ああ、日の光がもう射し込まない高い窓のある、この大きな部屋にいるという喜び（日はこの時刻には食堂の側に移っているので）。

本の前には赤い肘掛椅子が彼を待っていた。本の列、それらの輝きを失った金色、暗緑色と栗色、これら比類なき贅沢さはひとりの室内装飾家によって考え出されたのでなく、大勢の人がそれぞれ携わって少しずつ造られたものだ……ジュスタンはここで暮らしていたという婦人に何か尊敬のようなものを感じた。それが手紙のブランシュ？　そう、それはブランシュ・オートヴィルに違いない。ジュスタンは散らばった手紙をちらりと見る。そして寝室の奥にある浴室に入り手を洗い、靴を履きかえた。

この浴室！　浴室にモケット（パイル織地の一種）を敷きつめ、マホガニーの中に浴槽をはめ込むのは女だけだ。白鳥の首のように曲がった銅の蛇口は、銅で取り巻かれた大きな鏡の中で二重に輝いている……三本のアームのある壁掛の照明器具は、少しモーヴ色に着色したアイリスの形のシェードがついていた。これらすべてはとても古めかしくて、彼女がこれを選んだわけではないだろう。きっと彼女が入居したときすでにこのような内装だったのだろう。

ジュスタンは書斎に戻り、窓の前にいつまでもいた。窓の後ろの石塀の開口部を通して緑が波打つのが見える。何も考えていない、心地よい放心状態……乳白色ガラスのランプを灯し、すぐに彼はその魅惑的な輝きの輪に浸るがままになった。

彼は書斎机の上に散らばった一枚一枚の紙切れに目を凝らした……おやっ！　ほら、また一枚、ジャーナリストで、どこか遠くの海上を航行しているピエール・ラブルガドの、幼稚っぽさの残る小さな字で書いた紙切れが……彼はそれを取り上げた。

……ブランシュ、聞いてくれ、まさか君は、君の仕事に人生のすべてを賭けようというのじゃないだろう。君がパイロットになったのは偶然と、不本意、反抗からで天職でないと君は僕にそのことを何回も繰り返して言った……

ブランシュ・オートヴィル、この家の女主人はパイロットだったのか！　ジュスタンは衝撃を受け、机に肘掛椅子を近づけた、それほどこの発見は彼を驚かした！

……もう君を飛行機に託すことなどしたくない。君は自分を苦しめようとそれを繰り返し考えている。君にこう言えば十分だろう。もう愛する人を飛行機に託したくはない。心配するのは君のためで、飛行機のためじゃない。君が僕にまだ話をしてくれた頃、君が僕に話したこと以外、僕は飛行機についてはまったく知らない……しかし、まさか君が、あのろくでもないものに賭けるなんて、君が意地悪く僕に書いてきたように君がお払い箱にされたとか、ただの年取った奴だなんて、そんなことはない。ああ、最も自分を傷つけるようなことを思いつく、そのうまいやり方ときたら！　君が手ぶらでいるはずはない。君は男を替えるように職業を替えることもできる。軽やかにも、重々しくも、愛の絶頂に達する度に、天然の要塞のように近寄りがたくなる。ああ、君が愛してくれていると信じていたなんて馬鹿な奴らだ！

愛しいブランシュ、君は自分の言っていることがわかっていないし、自分の心が読めないんだ。そう、僕にはわかっている。君は僕にもう一度繰り返すだろう。君が足以外の交通手段に慣れている連中と同じだということを、君は歩くのも、走るのも、急ぐのも、他の人たちより前に着くのも、目や耳を開こうとするのも好きではないということを……よろしい、もうその話は止めよう、僕は君をジャーナリストにはしない。それでは、小説家は駄目かい？　どうして？　僕は君が、君の赤い肘掛椅子に座って、金髪をその赤い椅子いっぱい広げ、目を閉じている姿を思い描いている……結局、君はそれを理論立てて書くしかないだろう。それは君には苦ではないだろうし、君には自然だから。僕は職務に戻るだろう。君は自分を取り戻さなければならないし、風の吹くままに人生をさまようのは止めるべきだ。もうたくさんだ。僕が君に手紙を書かせるままにしてくれ、僕の愛をそのままにしておいてくれ、それは君にとっていいことだから、それを毀さないでくれ、そのままに、そのままにしておいてくれ、お願いだから……

続きはなくなっていた。またか、いらいらする。ジュスタンはこの二枚の便箋をピエール・ラブルガドの他の手紙と一緒にした。なんと世界には不幸があることか……このブランシュ、この男たらしは哀れな病んだ女にすぎなかったし、ピエール・ラブルガドはブランシュに手を差しのべることを思いつくことしかできないような立派な青年だった。そう、ジュスタンはピエール・

ラブルガドの筆跡の別の手紙を見ていなかった……紐で束ねたいくつかの小さな包みを指でめくる。どれを開けようか？　彼は束ねられた手紙の中の一枚に「宇宙航行学」という言葉が読み取れたので、それを読むことにした。そして彼はこの手紙の束を選ぶことにしたのだが、それはチョコレートの箱にかけられるような金色の紐で結わえられていた。ジュスタンのぽってりした指は、きっちりした結び目を根気よく器用にほどいた……そう、彼は紐を切ろうとはしなかった。これらの束はすべて元の包装のままにしておかねばならなかった！　ほら、うまくいった……

書かれた字は、とてもまっすぐで細かく、大文字はとてつもなく大きかった。ブルーの鮮明な、透明なインク……

拝啓

なにゆえ貴女は固執なさるのですか？　最初の旅に行くのは貴女でも、わたくしでもありません。わたくしは言うまでもないことですが、貴女も歳をとりすぎておいでです。この老いという言葉を貴女の輝かしさに結びつけるのは滑稽ですが、おそらく生まれていない最初の宇宙飛行士と比べればということです……貴女は、貴女のいわゆるルナ＝パークに行くことに、わたくしより一段と執着しておられます。わたくしは、というのもわたくしはすでにもう、アトラクション、娯楽設備、射的場、大人の恋人たちだけが知っている回転木馬を備えた自分だけのルナ＝パークを持っております。というのも、わたくしは自分にこの称号を与え、貴女の崇拝者の誰よりもわたくしが愛していると主張する、わたくしの王妃にふさわしい方のために、王位につくのですから。ルナ＝パーク、そこでわたくしはたったひとりで、半ば狂い、がらがらの劇場でただひとり、ワーグナーばかり聴いていた、貴女が好きなバイエルンのルートヴィヒ二世以上に狂って、回転しています……しかしお考えください。奥様、回転木馬と射的場と、ジェットコースター。これらすべては、きらきらと輝き、アセチレン灯の匂いを発して回転し、進んでいます。そして誰も、わたくし以外の誰もその中にいないのです。わたくしは自分のルナ＝パークで、たったひとりで遊んでいる気の狂《ふ》れた絶望者なのです。

敬具

シャルル・ドロ＝パンデール

ドロ＝パンデールだって！　立派な物理学者……頭がおかしかった、なるほど！　ジュスタンはその手紙を置き、次のを取った、

拝啓、わたくしにはどうしても貴女が理解できません。貴女は明晰そのものではありますが、どのようにして貴女は、この壮大なアヴァンチュールの中に誠実さの要素を導入することができるのでしょうか？　身を捧げる男たちに肉体的な素質のみならず、精

神的な素質をも求められるのでしょうか？　何よりもまず、馬鹿げています。月面着陸と月での滞在の証拠、鉱物学の標本、これらを月以外のどこから持って来るというのでしょうか？　ともかく出発の時からごまかすことに決めてポケットに入れ、地球から持っていくつもりでしょうか？　そんな馬鹿な、馬鹿げております、奥様……わたくしが貴女に、今日申し上げることのこれがすべてです。

シャルル・ドロ＝パンデール

カルロス、またもや、相変わらずカルロス、奥様、どうして貴女はうんざりなさらないのでしょうか？　彼は貴女のおっしゃるところの類まれな若い学者です……そう、そう、彼が宇宙物理学の若いホープだということをわたくしは認めます。そう、異論なく。わたくしは貴女にちょっとお尋ねしたい、彼がハンサムである必要があるのでしょうか？　しかしながら彼は途方もないハンサムで、私どもの学術会議は全員一致で、メダルに彼の肖像を刻印しようとする程でした。まるで若いカルロスの関わる天体が詩情の中にあるような天上の美しさを彼に与えていて『英国惑星学会』やドイツの『宇宙旅行探検学会』と共に世界宇宙学会において無視されでもしているように！　奥様、貴女が操縦席で、操縦桿を握っておられるとき、あなたにとって天空の詩情は天気予報ほどには重要ではないでしょう。わたくしはそう思います、といいますのはわたくし自身、ただの哀れな地球人、科学者、風変わりな宇宙飛行士にすぎず、自分自身及び他の人の生命を危険にさらしてまで、自分の信念を支持することはできないのです……あまりに年を取りすぎております。たくさんの事柄をこなすにはあまりに年を取ってしまいました。

いや、貴女にははっきり申し上げます。昨日、貴女にはカルロスだけしか見えていなかった……よろしい、結構です。わたくしは口をつぐみましょう。しかしわたくしは知りたいのです。なぜ貴女がかくも熱心に、この学術会議に出席されたのか、貴女はそこでの話は少しも理解できないと言い張っておられたのに、貴女はただの天空の運転手、ちょっと向こう見ずの人と言っておられたのに？　昨日、アレクサンドル・アナノフとデュクロクの、注目すべき発言のあいだ、貴女はただ左のカルロスの方に顔を向けていただけでした。技術者のそれと切り離せない航空医学の仕事がガルサウス博士によって発表されましたが、貴女はまったく無関心のままでした……お許しください、愛する方《かた》、どうぞお許しを！　また明日。

これにて御免ください。

シャルル・D＝P

ジュスタンは肘掛椅子にそっくり返った。もはや、自分のために用意されたものではない私生活を探ることに、罪の意識はなかった。いまやそれに対して尊敬の念を持っていた。これは、あなたが誰よりも愛している、あなたの親友の妻と寝ることと、あなたの親友が大切にしているその妻と、ただそこにいたから寝るのとは別なのだ……尊敬の問題だ。可哀想なブランシュはもはや、その人生で何かしたいとは思っていなかった。なぜなら彼女はもう飛ぶこともできず、宇宙飛行士の幻の現実を、空想的なルナ゠パークを夢見るためにその話を聴きに行っていたのだから。可哀想なブランシュは月に行きたいと思っていたのだ。ブランシュ、緑とばら色で彩られた乳白色ガラスのランプのもとで、この婦人は『トリルビー』を、幻想的なコントを読んでいた、赤いビロードの肘掛椅子に座り、金色にして銀《しろがね》の髪をそっくり広げて……

この栄誉ある学者の手紙はジュスタンを惹きつけたが、彼は不意にどうしようもないほどの眠気に襲われた。夜はすっかり更け、すぐにもベッドに入って眠る時刻だった。昨夜、彼はごくわずか眠っただけなのに、今朝は早く起き、たくさん歩き、たくさん食べた……彼は夕食をとらずに寝ることにした。おそらくまた少し『トリルビー』を読むだろう、彼は他の本や散歩に気を取られ、依然としてそれを全部読みきっていなかった……

静寂。この静寂は、ここではいまやジュスタンには、話すことの不可能性、あるいは沈黙を守る意思のように思われることがしばしばだった。列車の中のように物語《レシ》の揺れに身をまかせて彼はゆっくりとページをめくっていた。眠気が彼を襲うはずだった……彼は明りを消したが、それでもまだ長いあいだ闇の中で目を開けていた。人間の私生活の中に突然深く立ち入るのはなんと奇妙なことだろう……シャルル・ドロ゠パンデール、世界で輝かしい名そのものだというのに、ここにあるのは彼の書いた手紙なのだ。若い男への嫉妬！　一体、彼は何歳だったのだろうか、ドロ＝パンデールは？　いずれにしてもまったくの年寄りというわけではないだろう、そして憔悴した美しい顔立ちだったのだろう……何かがジュスタンの眠りを妨げていた……何かが乳白色ガラスの趣味、衣裳ダンス、物入れ、そして引き出しの香りと共に彼の中に忍び込んできた。ブランシュ、トリルビー……突然、ある衝撃が体を貫いた、彼は一気に荒れ果てたキャンプ場のことを理解した……それは一種のルナ＝パークだ、見棄てられ、色褪せ、活気を失った墓場だ……そして彼は眠りに落ちた。

翌朝、彼はそれらの手紙をまた探そうと、まっすぐ書斎に行った……しかしそこは誰かが楽しんで散らかしたような状態になっていた。前夜、ドロ＝パンデールの手紙を全部は読まなかった。ところが前夜読んだものも、他のどんなものも見つけることができなかった、そして彼がそれらの手紙に触れれば触れるほど、ますますひどい散らかりようになって、こんがらがってしまった。まったくこれにはいらいらさせられる！　ジュスタンはトランプをするようにそれらを全部根気よく集め、書斎机の上に置いてあった紙屑籠に再び放り込んだ。ともかく、家に引きこもるには天気がよすぎた。

　あまりの上天気。いまや太陽は毎日ジュスタンを朝早くベッドから引っぱり出す。彼を探検に出かけさせるのだ。徒歩や車で何キロも出歩いて、顔色はますます生き生きとばら色、瞳の青さはより深く輝くようになった。夜になれば疲れでぐったりして、家へ戻るや否や横になり眠りに落ちた。熟睡はこの眠りの井戸の底から何者も彼を捉まえることはできなかった。

　彼が再び、うきうきしながら黒い書斎机の前に座るのは、雨の午後ということになるのだった。彼はブランシュの手紙が入った紙屑籠、それは常に机の上にあるのだが、それを振り動かした。福引券の一枚を抽《ひ》くようにそこに手を突っ込む。そして一発で、ドロ＝パンデールの手紙を取り出した！　ポストに投函されたばかりのようで色褪せてもいない。大文字が、行《ぎょう》の壁の上に立つ小塔のように、他の字の上に堂々とそびえている。

拝啓

いつものことながら貴女の勝ちです！　とりとめのない夢にしか見えなかったものが、いまや、実現への第一歩を踏み出したのです。わたくしは貴女に、心臓病はここでは障害のひとつにすぎないと言ってきました。

わたくしは貴女の応募を支援するためにモスクワに手紙を書きました。まさかそれが受け入れられるとは思っておりませんでした。まったく別の理由、貴女が思いつくことはどんなことでも拒否しないというだけでそれをしたのです。わたくしは、貴女が何の回答も受け取らなかったことに対して驚きはしませんでした。そして、昨日クラブで、名前は失念しましたが、ロシアの大佐が部屋を横切って貴女に挨拶し、手に接吻をしたのです。わたくしにはどういうことかすぐには理解できませんでした……実のところ、その口頭での回答が通訳されて初めてわたくしにはわかったのです。なんと、宇宙ロケットの席を手に入れたいという、貴女の申し出が受け入れられたのです！　ロシアの大佐が貴女を見つめるそのやり方、貴女に「我々は承知しました。私は貴女の勇気と意欲を信じます」と伝えるそのやり方に、わたくしは好感を覚えました。

旅行は今日、明日のことではありません。そして貴女が最初ではないでしょう。それはたいしたことではありません。たとえ貴女が月に、あるいは他の惑星に到達することができなくても、この回答は実現への第一歩。夢の中で最も理にかなった夢として、それがあれば生きていくことができる何か、いつか来るべきときにしっかり守られるべき約束の何かというものです。まったく時間の問題です。それゆえ、それを信じましょう。

そしてわたくしは貴女がカルロスと一緒に出て行くのを見ました。わたくしはあの夜、貴女の喜びを分け合いたいと望んでおりましたのに。

わたくしは貴女に提供するものも、差し上げるものも何もないことを知っております。わたくしは結婚していますし、愛する子供たちがおります。わたくしに何が言えましょう。私たちが古い人間的感情と共に月に行き、それを月のクロークに置いてくることができないだろうか、とわたくしは考えます。その感情は頭、手足と同じくわたくしたち自身の一部をなしています。わたくしたちは月を地上の喜びと涙で汚染してやりましょう。わたくしたちの情熱も同じままなのでしょうか？　閉められ、禁じられた扉の後ろに何があるかを知ること……扉を開き恐れずに進み、振り返るべきでないときも振り返ることを。なぞなぞ、迷路、言葉あそび、不可解、さまざまな問題！　小さなものから宇宙規模までの好奇心、発見の情熱、悪徳と美徳、そして問題解決の喜び！　好奇心からの単なる欲求から知の欲求まで、それらは同じ本能からの派生物で、人間性を生じさせ、子供と発見を生み出します。そうした情熱を持たない人は無能とも言えますし、倦怠がその行き着くところです。わたくしたちまともな人間にはこの上なく心地よい学問的なおののきをもって自問するでしょう。何があるのか、何か変わったものがあるのか？……人間の力はますます増大しています。どれだけ抑制できるか、自分に課されるべき責任や、どれだけ強い個性が保てるかという意味において。しかし愛は？　愛は？　ひとりの女のために戦わなくなったときから……シャーウッドの森や他の場所へ行くように、わたくしたちが容易に月に行けるようになるとき、愛という大事業に何か変化が現れるのでしょうか？　たとえば、使い古された愛の言葉は、おまじない的な力を失うでしょうか？　この古い言葉は誤解されたイメージのように意味が変わってしまっているのでしょうか……ああ、手で触れ得ない芸術の力、それこそが、生きているものから依然として発せられています。いまだ感知不可能なエネルギーのすべてを考えずにはいられない。ある人間を他の人間に服従させる愛は、まさに力。これまで魔術と言われ、心理学者たちがその道筋をたどろうとしても、決してたぐり寄せられないような力です。心理学者という存在はいまだに占星学者、魔術師、大司祭、占い師にすぎません。

使い古した愛の言葉について話を戻しましょう……わたくしはこう思います。芸術は至高のもの、おそらく唯一歴史を託されたものです。たとえ人間同士の意思の疎通が、言葉から、音波の発信、羽ばたき、光のシグナルのようなわたくしたちの感情や思考を直接的な真実をもって、言葉――言葉はそれらを変質させ隠すものです――以上に伝えるものに移ったとしても……わたくしはこう思うのです。言葉の装飾は欠くことのできない化粧であり、真実それ自身より、真実を表現するものとして残るだろうと。結局のところ、それは、正当になされるべき論争なのです。芸術となるように「扱われる」必要のある自然主義に対して……人間の言葉はおそらく感情や思考を表現するために、言葉以外のものに付け加えられるものなのでしょうが、それはオーケストラに加えられる新しい楽器でしかありません。耳で聞ける音の範囲の拡大――またはまったく別のものとして付け加えられた感覚――ちょうどルーペを通して四本、十六本と裂かれた髪の毛のようにわたくしたちの感知可能な音の範囲を広げるものでしかありません……ブランシュ、この言葉が、ごく少数の人間にしか理解されないような力で愛の言葉が、生き残るよう弁護します。わたくしは貴女がそのような愛の言葉を月に運んでくれることを望んでいます。外来の植物が、人間の住む新しい惑星の生命を美しくするように。その惑星で貴女が愛の言葉を最初に口にする者でありますように……いずれにせよ、わたくしはその旅行に加わらないだろうということを忘れていました。貴女がわたくしをからかうために歌を口ずさむのが聞こえます。よくそうするように。

彼は四輪馬車を待っていた、

彼は馬たちを待っていた……

奥様、ロケットが参りました！　きっと貴女はカルロスと手に手を取って乗り込まれるのでしょう？

人間は変わることができます。貴女はほとんど悪というものを信じていません。奥様、貴女にはそれは必要ないと思っておられるのでは？　もっとも、それは善悪というよりもまったく別の必然性によるものです。感覚と頭脳を研ぎすますことによって、記憶、分析、想像力という、より大きなものの可能性は増大していくでしょう……ところで科学において成功するためには、とりわけ多くの想像力が必要です。この分野では、小役人は何の役にも立ちません。偉大な学者たちは誰もがみな夢想家で想像力に溢れた詩人だったのです。未来を予感し察知して、さらに、それを摑むためにはまさに夢想家であるべきです。学者に科学的仮説のひらめきを与え、学者を預言者にするのはこれなのです。

貴女は人類に起こることに驚かれない。貴女は月に行こうとしている。貴女が飛行機で行った実験と同じように、情熱、好奇心、そして人間の才能への信頼をもって。貴女はいつかわたくしにおっしゃいました。「すべてこれらはすでにあったことなんですもの！　天使の翼は思い出……それは少しずつ私たちに戻ってくるのよ」と。そうかもしれません。貴女はそれを冷静に考えます。貴女はわたくしたちがしていることが無菌室の中の実験ではないことや、空に発射されたロケットが子どもたちの目を輝かせるクリスマスツリーの素敵な飾りものなどではないということをお忘れです。このようなことを考えてわたくしは仕事ができないことがあります。それでも発見への情熱は、わたくしたちからすべてをもぎ取ります。そうでしょう。そして残念ながら他のことには目が向かないのです、恐怖には。

わたくしの無限の献身を、奥様、どうぞ信じてください。

貴女のルナ＝パーク管理人
シャルル・Ｄ＝Ｐ

これは頭のおかしな人間の手紙ではない。いや、今日では狂人扱いされることなく月旅行について話すことが可能だ。この偉大な学者は確かに完璧に思慮分別がある。おそらく他の人より早く目覚めたという、ただそれだけのことなのだ。素晴らしい話……ジュスタンはひどく興奮し部屋の中を大股で歩き出す。素晴らしい話……無限を覆う幕が上がろうとしていた。突然、彼はこの問題の大きさと彼の人生、彼の仕事とのあいだにひどい不均衡を感じた。自分の映画、散歩や疲労、そして休息と共にある彼は一体何だったのだろうか？　自分は部外者……彼は自分の存在感が薄いと感じてしまう。ジュスタンは手紙を持つ自分の手を見知らぬもののように眺めた……ブランシュはもっと他にやるべき大事なことがあって彼に家を譲ったのだ。

ジュスタンは手紙を書斎机に置いた……彼は気を落ち着かせるために他のことを考えるつもり

で書棚の本を見直し始めた。彼は天文学も、猥褻さもないこの同じ『トリルビー』に戻った……雨は小降りになっていた。ひと回りしに出かけられたかもしれない？　しかし天気はその日の遅くになってやっと回復した。そして彼は心ゆくまで悲しみに沈んでゆく。すべてが、そう、自分さえも信じられなかった。

結局、ゴム長靴を履きローデンのマントをはおってジュスタンは外出する。太陽は大きな農場の後ろに沈む前で、衣裳ダンスの後ろの金の隠し金具のように、どんよりした空にまんまるで真っ赤な姿を見せていた。至るところに水溜りがあり、太陽の光線がその鏡の面に反射してその大小の雫が虹色に輝いた。煙突から煙が立ちのぼっていなければ無人の、死に絶えた村だと思われてしまうだろう。食事の時間だった。ジュスタンはアスファルトの道路を足早に歩いた……村をあとに、鎧戸の閉まった城館をあとに。歩いた先にあるその高みの庭園の奥、あまりぬかるんでいない道の方へ曲がった。彼は馬と同じく足の下が軟らかい土が好きだった。ぎしぎし軋む音と、ほう、ほう！　という声と共に曲がり角に荷車が現われた。ゆったりとした歩み、ふんふんする鼻面とばったり出くわすと、シャロレー牛は思った以上に大きかった。高く積んだ藁の積荷の両側を、老女と若い女が歩いて来た。彼女たちは二人とも厚手のセーターを着て迷彩色風の大きな前掛けをしていた。

——今晩は……ジュスタンは言った。

――今晩は……

二人の女の視線は前方を向いていて、顔を彼の方に向けもしなかった。軟らかな地面に当たる木靴《サボ》の鈍い音が、聞こえるはずのない距離になっても、車輪のやかましい音と一緒にゆっくりと遠ざかって行った……ジュスタンは静寂の中にいた。

彼は静かに夢想する。まずトリルビー、次はブランシュ。ブランシュ・オートヴィル。彼はこのブランシュを思い描こうとした……金と銀の女性。スポーツウーマン。パイロットのつなぎ服、覆われた金と銀のヘルメットはまるで修道女の被りもののようで、ばら色の顔と整った眉だけしか見せない……彼は、このパイロットの道具一式のイメージを取り払う。そして胸の開いたイブニングドレス姿、ハイヒールを履き、宝石をつけ、金色にして銀《しろがね》の髪の女を連れて行くほうがいいと思う……マキシムのレセプションへ……彼女は男のように生命を賭けている……正真正銘の女だ、傷ついた心を持ちながらの。彼女をこんなふうに想像しようとしたが、いつでも赤い肘掛椅子に座っている彼女が目に浮かんだ。そして彼女は執拗なまでに斜め後方から見た横顔をとどめていた。頬のやわらかい曲線しか見えない……彼女は顔をめぐらして彼を見ようとはしない。あの宇宙物理学者のカルロスのことを調べる必要がありそうだ。一種のロビン・フッド。おそらく陽気で敏捷で憎めない……ジュスタンは彼の頭に占星学者のとがった帽子を被せてみたが、すぐにそれを取って宇宙飛行士の防護服を着せた。ガラスの向こうの彼の若い顔、ヘルメットの、アクアリウム水槽の中でのカルロスは、亀よりもっとぎこちなくのろまで威嚇的だった……いつか人は、歴史的モニュメントになった我々の時代の近代建築を訪ねるだろう。そこには、酸素ボンベにパイプのつながったヘルメット付きのこれら飛行士の防護服が陳列されている。人はどうやってこれを背負うことができたのかと訝るだろう！　ジュスタンは、ブランシュの病んだ心を取り除くのはカルロスだけだろうと考えていた。ブランシュ……色褪せた名前、ぱっとしない名前、看護師の、濃い霧の、そしてシーツの白い色……山頂、おとぎばなし。浴室のアイリスの形をしたランプシェードのような古びた名前、トリルビーの中で出会うような名前。名前がそれを有する人の運命に従うのか、あるいは運命が名前に従うのか？　リンドバーグ……一体、彼のファーストネームは何なのか？……それを思い出すのは不可能だ。仕方ない。イカロス。イカロス氏……ブランシュは自分の名をなぞるほどの狂気を自分の中に持っていたということなのか？　現代ではイカロスは女で、これはとても素晴らしいことだ。ジュスタンは戦時中雇っていた小柄な運転手のことを思い出す。彼は女たちについてこのように言っていた。「私は、私は女たちの謎めいたところが好きなのです……」ブランシュの神秘。すべてが我々の想像にまかされたのだ。今となっては……彼は男のような背の高い女を思い浮かべようとしたが、このイメージには抵抗を感じた。赤を背景にした金髪のイメージに立ち返る必要があった。そして常に片頬の曲線、斜め後方から見た横顔だけだ……

ジュスタンはのんびりと、想像力を巡らした。どんどん暮れてゆく黄昏の中を大股で歩きながら。夜露が彼の額にかかり湿気は彼の髪の光輪をぺしゃんこにし、頭にまとわりついた。家を取りまく石塀の開き戸を押す。ほとんど手探り。白く濃くきれいな靄に覆われて、夜の闇がそこにあった。靄は毀れやすいオブジェのように家を包み込んでいた。

ジュスタンは小ホールの中で湿気を帯びたマントを脱いだ。台所にはヴァヴァン夫人が自分の家から運んできたスープが彼を待っていた。彼は産みたての新鮮な卵を食べ、赤ワインの一杯を飲もうとしていた……もう宇宙旅行のことは頭になく、二杯、三杯と赤ワインのグラスを重ねて満足した。台所の中は暖かくなかったからだ。独り者の調理をしない台所で天火付きレンジは点火されることはなかった――ビーフステーキを焼くのや、コーヒー一杯分の湯を沸かすにはプロパンガスのコンロで十分……ヴァヴァン夫人がときどきはレンジに火をつけるといいのだが。そうすれば壁にしみ込んだ湿気を追い払うだろうに……

書斎そのものも今夜は少し冷え込んで、ジュスタンは大きなストーブに電源を入れた。ストーブはほどなく猛烈に熱くなり、埃の焼けた匂いが鼻をつく。彼はブランシュの家具類をそのまま使っていた。書斎はこの地方特有の夜の冷えを経験していた。暖かさは隅々まで行き渡って心地よく穏やかになる。赤いビロードの肘掛椅子でジュスタンは読み耽る……彼は早く寝ようと思っていた。明日、天気がいいようなら、あのオーベルジュ「死せる馬」――ほら、オーベルジュ「死せる馬」と言っていた!――にまた行こう。キャンプ場まで登った日、あそこの食事は素晴らしかった。彼は寝に行こうとする。もしかしたらブランシュが戻って来て彼をじっと見つめるかもしれない?

彼女は戻って来なかった。ジュスタンは彼女の夢を見ることなく目覚めた！　彼は試験を受けている夢を見た。よく見る嫌な夢。彼は試験を受けるときの青年期の苦悩をもう一度味わった。知らないことだけでなく、知っていることも確かに全部忘れてしまっていた。リセで習うこと以外の多くのことに夢中で、彼はいつでも半分しか準備できなかった。ブランシュはこのような類の夢とは何の関係もなかったが、目覚めたとき、体の中であとがすっきりしない睡眠薬のように感じられる苦悩は、彼にとっては試験というより自分の方に顔を向けようとしないブランシュと結びつくような気がした。

台所で朝食をとっているあいだ、彼は震えていた……この朝、太陽は弱々しかった。そのうえ夜中に雨が降っていた。庭の濡れた草の中に小さなチューリップ、パンジー、忘れな草が咲いている……水分を含んで重たげなリラの房がうなだれて……ジュスタンは突然庭仕事がしたくてたまらなくなった――この庭はまったくめちゃめちゃだった！　ガレージの後ろの小さな物置の中に道具があるはずだ……

確かに道具はあった！　ブランシュは自分の庭の手入れをしないような女ではなかった。踏み固められた土間の小屋の中、壁には道具類。熊手、鋸《のこぎり》、シャベル、フォークシャベル、鎌……ジュスタンは古いテーブルの引き出しの中を引っ掻きまわして、園芸用の剪定鋏《せんていばさみ》を探す。そこには金鎚、やすり、釘、鋏、紙やすりの切れ端などがあった……どれもかなり錆びて黄土色の粉末が引き出しの奥にたまっていた。引き出しの中に散らばっていた小さな婦人用手袋のひと組を取り出す。乾いた土でこわばり、痙攣や事故に襲われたように指が曲がっていた。剪定鋏はその中に見つからなかった。ジュスタンはこれらを整理して綺麗にすることに決めた。園芸用工具類が錆びついているのは見るに忍びない……とにかく、剪定鋏はなかった。彼は家の中の至るところに、ばら色と緑の乳白色ガラスの花瓶に活けるリラの花が欲しくてたまらない。バラの木は何を使って切ろうか？　さあ、急いでやろう。今が絶好の時だ。ジュスタンはバラの剪定に精通していた。彼は両親の持つ大きな屋敷の中で育ったが、両親はそこにいたことはなかった。彼の父はオーケストラの指揮者で常々演奏旅行をしていたし、母は彼が十二歳のときに若くして死んでしまった……そのうえ生前、母はしょっちゅう父と一緒に演奏旅行に出かけていた。ジュスタンはほとんど使用人たちに囲まれて成長し、彼の乳母は「可愛い坊っちゃん」を熱愛し、好きなようにさせていた。ジュスタンが後をついて歩いていた庭師は最高の男だった。

ジュスタンは台所に戻り手を洗うと、もう一杯コーヒーを飲み、茶漉しを探すために引き出しを開けた――ミルクは冷えていてジュスタンが嫌いな膜ができていた。引き出しの中にニッケルメッキの新品でぴかぴかの小さな婦人用剪定鋏を見つけた。それを見ると彼は恐怖のようなものを感じた！　断言してもいい。その剪定鋏はナイフとフォークを取り出すために引き出しを開けたときは確かになかった。彼は振り向くと叫んだ、「ヴァヴァンさん！」返事はなかった。そして自分の頭がいかれたと思った。

剪定鋏はよく切れた。リラはひんやりとして香りのよい水のシャワーをジュスタンに注いだ。家の中に持ち込む前にサラダ菜のように振って水を切らねばならなかった。花瓶は大きさといい、口の広がりといい、どれもこのリラにぴったりだった。丈をそろえたリラの花はゆったりと広がりを見せた。十九世紀の可憐さ、緑とばら色の花瓶の中のモーヴ色とヴァイオレット……ブランシュは、これら乳白色ガラスの花瓶をわざわざ彼女の庭のリラのために買ったのだろう。同じくこれから咲くバラのためにも。この花瓶に入れたバラの花はきっと美しいことだろう……

ジュスタンはバラの木の手入れをするために外に出た。植え込みはそっくりバラの木だった。いくつかはすでに芽を出していて、大きな葉をつけていた。ジュスタンはバラの木を剪定して芝生を刈り込んで花壇を掘りおこす必要があると考えた……もちろん時期としては遅すぎる。しかしこのひどい乱雑さをこのままにしておくよりはいい。芝生は伸びすぎていて、まるで花を持った雑草のようだった。花、小さなチューリップがその中に見えなくなっている……ガレージの中に芝刈機があった。いいぞ、それが使えれば……太陽が泥だらけの地面を乾かして、チューリップが散ったらすぐに芝生の手入れに取りかかることにしよう。彼がまだここにいればの話であるが……どのくらいの期間ここにいることができるだろう？　実際には彼の望むだけの期間ということだった。どのくらいの期間を自分は望んでいるのだろうか？　ジュスタンは、撮り終えた映画の毒気がすっかり抜けると、次の映画がいつの間にか自分の中に忍び込んでいるということを経験から知っていた。それは必ずしも彼が最初に向かうものではなく、まったくものにならないこともあるが……それでもやはり彼は熱中し、夢見て、確かにそれが生涯の傑作映画だと信じた……このようにして彼はひとつの映画の誕生から次の映画の誕生へと、そのあいだの空白と疲労、二日酔いの頭痛、ときおり長く続く絶望と共に生きていた。

今回はこの合間の気分の状態がいい。撮り終えた作品について過度に思い煩うことなく、彼の生活からそれを排除し、意識して休息することにつとめた。彼は本当に満足していて、体調も万全だと感じていた。ブランシュの家は彼が懸念していたこの時期を過ごすのに大いに役立っていた。彼はバラの木の前にしゃがんでしばらく考え、またしばらく機械的に芽を数えると、車でひと回りすることにした……おそらく、「死せる馬」キャンプ場まで足をのばすことになるだろう、彼が前日計画していたように……オーベルジュの主人、アントワーヌの話を聞き、男爵に出会った後では、彼はキャンプ場を別の目で見ていた。

それでも、このどんよりとした静かな日中をジュスタンは庭で過ごした……ヴァヴァン夫人が現れたとき、彼は彼女を見てとても驚いた。なんだって、もう正午？　お掃除をなさったのですね、メルランさん！　庭というものはきりがないものですよ、家事と同じです……彼女はベッドメーキングと少し片づけをしようと急いで二階に上がろうとした……彼女は買物してきた食料品をいつものように台所にそのままにしていて、家に小さな姪がいて、その憎ったらしい子どもは何をしでかすかまったくわからないのでと、言い訳をしなければならなかった……

――いいですよ、ヴァヴァンさん、遅くならないように……ベッドメーキングだけでいいですよ……

ジュスタンが庭いじりをやめようと思ったのはずいぶん遅く、一日が過ぎようとしている時刻だった。体を洗うのに時間がかかったので、「死せる馬」のキャンプ場に着いたときはほとんど夜だった。ジュスタンは、扉のひとつの上に「バー」の文字がある白い立方体の建物の近くで車を降りた。

確かにこの場所はひどく陰気で、夜にはぞっとするようなものさえ感じた。敗走中かあるいは全滅した軍隊の、打ち棄てられた野営地のようでもあり……考古学者たちが滅びた文明を探し求めて、発掘にやって来る古代の墓場のようでもあり……何か不可思議な理由、集団脱走とか伝染病のために無人になってしまった野営地のようでもあった……水でふやけたテント群は、相変らず側面を滑り落ちる汚水の流れに浸かって色も剝げている。ほとんど避難所の用はなさないようで、水を汲み出さねばならないだろう……ジュスタンがテントの入り口の垂れをめくると、確かに内部の床も外と同じように濡れていた。さらにテントは下の水溜りを保つ役割をしているようだった。トイレの列は開いた戸がばたんばたんと音を立て、不快な悪臭がした。ジュスタンはなおのこと、この失われた理想郷が嫌になった。たとえばプールは最高の外観を呈していて、底のひびの入ったセメントを溜まった雨水がすっかり覆い隠している。水は澄んで清潔そうだった……ジュスタンはアメリカ軍払い下げ物資である栗色の大きなテント群の傍に行くのはやめた……すべてが不吉でぞっとするものだった。株式会社「死せる馬」は大きな詐欺を企んだのだ。見渡す限りテントばかりだった！　あいつらはこれっぽっちの土地でも失いたくはなかったのだ。古い町の通りのように、狭い道路が縦横に走っている、まさに迷路だ……周囲の風景のかわりに見えるのはテントだった。こわばった布地、じゃがいも袋のくすんだ色をして、その上には小さな水の流れが溝になっていた……ジュスタンはテントの壁から、体をくねらせて外に抜け出て道を進む。彼はこのあいだ見つけたあの小さなキオスクをもっと近くで見たいと思った。

小さな道が道路からその場所に続いていて、さらに遠くに、種類は同じで形の違う別の小さな建物群が見える……それらは、さっきのよりもっと奇妙だった！　小道はまもなく石と植物で見えなくなってしまい、丈の低いちくちくする茂みがズボンに引っかかり、膝にまで達していたが、ジュスタンはそれでも進んだ。小さな建物は、それぞれ独特の形をしていた、鯨型の小さな小屋、ねじれたカタツムリ、冗談のようなごく小さな家、キャンピングカー……すべてこれらはプラスチック素材で造られていて、頭のおかしい人の考案による公衆便所のようだった。ジュスタンはようやく最初に見つけた木靴《サボ》の形をした家に到達し、額を小さな窓にくっつける。中にはマットレスのついた二つの長椅子……テーブルひとつ……妙な形の椅子が数脚……が見分けられた。彼は土地の反対側に回った――大変なクロスカントリーだ――そして鯨型の小屋の小さな窓から中を眺める。マットレス付きの長椅子二つ、テーブルそして数脚の椅子……よし。ジュスタンは道を引き返し車のところへ戻ろうと急いだ。雨がまた降り出して雨脚がだんだん強くなってくる。

ジュスタンは道を駆け足で急ぎ、汗ぐっしょりになって愛車にたどり着いた。

車の中で靴を脱ぎ、換気をしてから暖房とラジオをつけた。そして靴下のままでエンジンをスタートさせた。この文明の利器を再発見したことに大変満足だった。彼はゆっくりと坂道を下る。車はスリップした。あの連中ときたら道路一本さえきちんと造れないのか。ひどいペテン師どもだ……ワイパーはメトロノームの役をして、同じ奇妙なリズムを規則正しく刻んでいた。車輪は乾いた葉のような音を立てていた。ジュスタンはあの高台にもういないことに満足して咽喉を鳴らす。

靴下とズボンがすっかり乾いたと思ったとき、ジュスタンは車を停めた。長距離トラックの運転手向きのビストロが彼の気を引いた。防水マントを着たずんぐりした男たちは、戸口の前で彼らを待っているトラックに似ている。男たちは責任ある立場で働く者のように厳粛に、真面目に食べていた。ジュスタンはパテとシャトーワインを注文した。どれも美味く、こんなふうに口の中でとろけるような質の高いシャトーワインは、パリ中央市場の最高級の店でも売ってもらえないだろう。帰る途中「死せる馬のオーベルジュ」、——失礼、「王の三騎士」！　の前を通ったので、ジュスタンはコーヒーを一杯飲もうと車を停めた。そしてまっすぐスタンドバーに入った。アントワーヌは古い友人のように彼を迎え入れ、レストランからコーヒーを運んで来た。バーで出しているものとは違って旨いコーヒーだった。そしてこの店のもうひとつの特別おすすめ品のフランボワーズのリキュールをアルマニャックのブランデーと一緒に勧められた……

今夜は、少し人の出入りがあった。雨にもかかわらず、いやおそらく雨のせいだ。革ジャンパーにゴム長靴の男たち、犬を連れた密猟地区の監視人がひとり……体が冷えて咽喉の渇いた男……セールスマンがひとり……誰もいなくなると、男爵が現われた。ジュスタンをちらりと見て、二本の指をベレーにあてた。ジュスタンは立ち上がり、青い目差しを男爵に向けて言った。

——一杯おつき合いくださいませんか、ムッシュー？　いかがでしょう？……

——喜んで……。男爵は耳ざわりな声で言った、ジュスタン・メルランさんですね？

お人よしで小太りのジュスタンは、狩猟や森周辺の話を始めた……真夜中近くなっても二人はまだバーにいた。男爵は最初のフランボワーズのリキュール一杯で早くも饒舌になった。二人は四杯目だった。

——私は、私の人生と財産をこのキャンプ場の創設に注ぎ込んだのです。——彼は言う。椅子にぐったりと身を沈め、相変わらず羊皮裏付きの上衣を着てその下は何も着ていないようだった。組まれた足は無気力で布のようにだらりと下がり、痩せた手、優雅で汚ない手はグラスを弄んでいた……　——これは公益事業の企画で、この地方全部のための財産でした……私はそこに野外劇場用の舞台を造るつもりでした。国立民衆劇場があの高台で公演することも可能で、パリのお歴々が来るはずだったのです……考えてもごらんなさい、パリから八〇キロ、イルミネートされた風景の素晴らしさ……私はすでにその件で、パテ＝マルコニー社と音と光のショーの交渉に入っていました……なぜいつも石だけをイルミネートして、古い壁に価値を認めないのでしょう！

夜のスポットライトの中で心を揺さぶる風景というものがあります。自動車のヘッドライトが私たちにそのことを教えてくれました……私は天井がサンルーフになっている映画館の見積りを出させました……私は図書館を造る意向を持っていました……ミステリーシリーズ……大衆向け読み物だけではなく、大人や子どもたちのために質のよい本を……おわかりでしょう、ムッシュー。文化センターになったかもしれないのです。そういうものが私たちの若い頃にあったでしょうか？　今の時代、みじめな若者たちは立ち木のままで腐っています……自動車泥棒、詐欺師、そして殺人者！　私は政府に監督付きの余暇活動をサポートしてくれるよう提案しました。むしろ監視付きのです！　それで、私たちの建てた教会をどのようにお考えですかな？……

——教会ですって？……ジュスタンは教会を見ていなかった。

——そうですとも、ムッシュー、教会です！　驚かれたようですな……あなたは小さな常設の小屋をご覧になったのでしょう？　そう、教会はちょうどキャンプ場の反対側にあるのです。私たちは少しずつテントを恒久的な小屋に替えていくつもりでした、もっと明るく、もっと清潔にです。競争相手の会社は私たちに素晴らしい見本を供給してくれました。それはご覧になりましたか？　試してみて……経験したうえで私たちが選択できることになっていました。大衆の好みもありますからね……人間形成教育の一助ができたかもしれなかったのです……

——それで、教会は？

——反対側、反対側ですよ……鉄骨セメントの超現代的な大きな建物です。美的に語れば、どうして信仰が中世に閉じ込められたままでいなければならないのですか？　セメントの灰色は石の灰色よりどんな点で美しさに欠けるのでしょうか？　いつかこの非難されている素材の美しさを、賞讃することになるでしょう……そして私の友人のひとりである神父はこのように言ったのです。どうして聖母マリアにディオールの服を着せないのか？　私たちは仮設のホールを教会前の土手に建てました。巡礼者一万人が収容可能。教会のホールに導く屋根付きの通路もあります。雨の場合の人の列のために……

――巡礼者？　なぜ巡礼者なのですか？　彼らを惹きつける何かがあるのですか、あの高台に？

男爵は立ち上がると大きな両腕を広げた……彼は本当に鷲に似ていた。

――しかしこのショック、風景と、人の心を捉えるような並はずれた鉄骨セメントの教会とのコントラストは、ムッシュー、奇跡を生じないことがありましょうか、奇跡をです！　私たちはすでにいくつもの若者の巡礼を迎えていました……

男爵は黙った、そしてジュスタン・メルランはそれ以上話を求めなかった。奇跡が起こるには時間が足りなかったということはあり得るだろう。そして彼は男爵を微妙な立場に置くつもりはなかった。

――アントワーヌ。彼を呼んだ。もう二杯フランボワーズを……

アントワーヌが二杯持って来た。

――なんという挫折なのか。私にとっては、ムッシュー、なんたる失望！　そして……

男爵はかなり酔っていた。ジュスタンの方へ体を傾け押し黙った。ジュスタンは待っていた。

……それから男爵は耳もとで囁いた。このように悪くなりかけたときでした。私がひとりの女性と出会ったのは……もし私がそれ以前に彼女を知っていたなら、私は巨大な事業に着手することはなかったかもしれません……彼女はそれをやめるように忠告したはずです。しかし私はもう身動きのとれない状態でした。そしてこの女性に出会ったとき、私はぜひとも、どんなことをしてもこの困難な状態を抜け出したいと思いました……そして、その結果がこのとおりです。どうみても彼女に会うのが遅すぎました。私は人生に多くの幻想を抱きました。ムッシュー……私の過去、未来、それに私の銀行口座にも……幻想のせいで小切手を不渡りにしてしまうのです。しかし私は、私に対するオートヴィル夫人の感情については少しも幻想を抱きませんでした。彼女は明るくて洞察力がある人でした。彼女は私にすぐ言いました。「クラック男爵、ミュンヒハウゼン男爵（『ほらふき男爵』の主人公。一八世紀に実在し、クラック（嘘つき）男爵のあだ名で知られた）、なぜ、貴方はこの冒険をおやめにならないの？」そして、そのときがやめるチャンスだったのでしょう……おわかりですか、状況から抜け出ることはできます。それだけのことでは破産しません……今、私の自由は仮のものでしかありません……もう長いこと自由な身ではないのです。

ジュスタンは何と言ってよいかわからなかった。二人してアルコールを前に黙り込む。

――それで、そのブランシュはどうなったのですか？　ついにジュスタンは言った。この種の悲しみを表わすために守るべき沈黙の時間が経ったと判断して……

男爵は彼を訝しげに見つめた。

——あなたはブランシュ・オートヴィル夫人をご存じですか？

——いいえ、全然知りません……あなたがおっしゃったでしょう、ブランシュと……私は繰り返したのです、ブランシュと。あなたのお話に私は興味があるのです。

——私はブランシュと言いましたか？……

男爵は今度は長いあいだ沈黙する。ジュスタン・メルランがもう返事を当てにしなくなったそのとき、突然男爵がゆっくりと、哀れっぽい耳ざわりな声で話し始めた。

——私はいつも女の話をするのが好きでした。私にとって色恋の冒険を話すことは、その冒険を経験するのとほとんど同じくらい心を動かされるものでした。もちろん私は口が固い紳士ですから、その名前をカモフラージュして証拠を消しました。しかし私は、私の恋のアヴァンチュールを、そのおかしな点も含めて打ち明けるのが好きでした。ブランシュ・オートヴィル……ここで奇妙なのは、アヴァンチュールがなかったことです、厳密に言って、まったくありませんでした！　私たちはしばしば一緒に狩りに行きました……私は猟犬を使い馬で行く狩りで彼女を知ったのです……ディアナ！　彼女はこの土地を立ち去りました……とても立派な女性でした——そして男爵は脈絡もなく付け加えた——このリキュールをもう一杯飲みたいのですが……慰めに……

このフランボワーズが、この夜の最後だった。それを味わうとすぐ男爵は深い眠りに落ちた。ジュスタン・メルランは彼が眠るのを眺めていた。彼自身もかなり飲んだが男爵の半分にも充たなかった。そのうえ彼はアルコールにかなり強く、アルコールは彼の感覚をとぎすまし、洞察力を増して、酔うことなく彼の活力をかきたてた。彼は飲むほどに陽気になり話もはずむ方《ほう》だった。男爵は、眠っていた。軽く口笛を吹きながら。彼の細くこけた顎の髭は急に伸びたように思われた……首の皮膚は垂れ下がり空《から》の紙袋のように皺くちゃだった……幅の狭い力のない両手、黄色くて曲がった爪のその手は灰色、灰の色だった。ジュスタンは立ち上がり、顔をちょっと彼の方に向けた。

——ではまた今度。再び姿を見せたアントワーヌに言った。そのうちすぐにワインを飲みに来ることにするよ……

アントワーヌは保護するように彼を車まで送って来た……彼は飲むにも飲んだが礼儀をわきまえていた……メルラン氏は大変敬意を払うべき客のひとりだった。

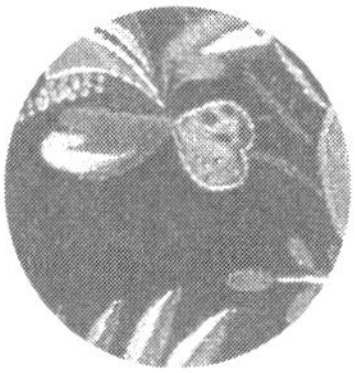

夜も深まった頃、ジュスタンはブランシュの家に戻った。緑とばら色の乳白色ガラスの花瓶のリラが喜んで彼を迎える。彼は明りすべてと、ストーブをつけ、書斎の中を行ったり来たり、大股で歩き回り始めた……まったく眠くない。体調もとてもいい。ジュスタンは書棚から本を引き出してきて、それを開いて匂いを嗅いだが、読まずに元に戻した……ジュスタンはあちこちに置いてあるものを両手で取る。人生の中で積み重ねられたこれらの小物類は、ふとしたことから誰かの家にやって来た。最初はもの珍しいが、じきに見慣れてしまって何年も飾り棚や暖炉の上に置きっ放しにされているもの……石、銀のゴブレット、貝殻、ガラスの深い青色のためにおそらくブランシュがとっておいたであろうグラス……ジュスタンは再び本を取りに戻り、光沢のある表紙の、古びたクロディーヌ・シリーズを取り出して本の後ろ側の棚に手を伸ばした。そこにす

べての棚の鍵があるかもしれないというように！　それからすべての書類箱が空っぽであることは承知のうえで、マホガニーの書類整理箱に注意を向けた……そして何も探していないのに何かを探しているようだと思った。ただ彼は、彼の家、新しい終《つい》の棲家《すみか》を深く理解していた。彼が、ブランシュのこの家を主たる住まいとすることを突然決めたゆえだった。そのことをとても嬉しく感じている。

こうした観点から、彼はぐずぐずせずにこの家を調べようと二階に上がった。これまで二階には下見に来たときしか上がったことがなかったので、彼は三つの寝室を時間をかけて見て回った。シンプルな部屋は白い漆喰塗りで、それぞれに白いピケ生地のベッドカバーの掛けられた大きなベッドがひとつ。ワックス塗りの寄木の床は光っている。修道士の部屋のようにも見えたが、ひとつの部屋には古い肘掛椅子、その背もたれにはタピストリー刺繍の帯状の飾りが流れている。もうひとつの部屋には小花模様の長椅子がある。三つ目の部屋には小さな書斎机と、装飾付きの椅子数脚があって僧房らしさを拭色していた。三つの部屋にはそれぞれ洗面台があり、浴室に通じる廊下に面している。ジュスタンは満足していた。いわば小さなホテルを持っていて、必要とあれば彼の仲間、スクリプター、アシスタント、カメラマンを泊めることができるのだ……

彼は再び階下に下りて食器戸棚、蓋付きの大箱、クロゼットを開けることにした。それらは食器類、家庭用の布類、ブラシ、布巾などでいっぱいだった……ブランシュはすべてを置いて、小さな旅行鞄ひとつで出発したに違いない。

書斎机の前に身を落ち着けたが、まだ眠くない。寝ないほうがいい、そうすれば不眠症になることはない。彼はそれを恐れていたのだ、不眠症を……この書斎机も叔父の誰かから遺産相続でもらったか、あるいは競売で買ったものに違いない。公証人用の机は悪くない。大きな天板と引き出しがついていて便利だ……真夜中の二時過ぎだったがジュスタンはまったく眠気を催さなかった……彼はブランシュ宛の手紙が入っている紙屑籠に手を伸ばし、ゴム紐でしっかり手紙を束ねてあるかなり大きな包みを取り出した。よし、これに目を通すことにしよう……ほとんど全部、まだそのまま封筒に入っていた……マダム・ブランシュ・オートヴィル……マダム・ブランシュ・オートヴィル……どれも彼女の住所はケ・オ・フルール通りになっていた……電報、速達……この手紙の束は珍しくブランシュ自身によって整理されていて、手紙は順番どおりになっていた。しかし、最初の電報数通は包みの上にあった。

ボンジュール　アナタヲアイシテイル　レイモン
フウガワリナボウケン　アナタヲアイシテイル　レイモン
ドウスベキダロウ　アナタヲアイシテイル　レイモン

電報はアミアンからの発信。手紙は二つに畳まれ折り目で擦り切れている。ポケットかハンドバッグの中に長く入ったままだったのだろう、表面はうす汚れきたなくなっていた……手書きで読みやすく、よくあるホテルのネーム入りの便箋だった……

一九五〇年　四月五日

私はこの町におります。愛しいブランシュ、あなたはもういない。目の眩むような出会いを残して。今日、あなたはこの町であなたの手のパラソルのような、星のように美しい何か軽いもので合図しています。私の書いたもので私を評価しようとしてくれていることに感謝します。生き方で評価する、他の人とは別。あなたは正しい……人は私の精神の中に入り込むその瞬間に、私から去って行きます。私には心から頭脳まで大変な道があるように思われます。それを乗り越える人はほとんどいない。あなたは、あなたはその道を毎日駆け巡っています……私は孤独だった。私はあなたを待っていました。手紙をください、とても長いのを、あなたの手紙は話し言葉で、私はあなたの話に退屈したことがありません。

レイモン

四月三十日

ブランシュ、あなたのこのあいだの手紙は私を大変当惑させました。私は、あなたが深みにはまるのをひどく恐れているのではないかと思っていて、私たちのあいだには、冗談とか偶然よりもっと真摯な何かがあり得たことを、私に信じさせておいてほしいのです。あなたは私に長い手紙を書いてほしいと言う。また目の不自由な人のように思い出や過去の手紙によって呼び起こされる、どの顔も見分けられないような世界の真ん中で迷った人のように、どうしたらいいのかわからないとも。

お願いです、ブランシュ。あなたは私に、あなたの人生について正直に知らせることができます。そしてそれが必要とあれば、私たちが出会う以前の出来事を私に話すこともできるでしょう。

あなたがもう失われてしまうのではないかと考えただけで絶望に捉われます、これは私があなたを愛するというチャンスを失うということです。私にまかせてください、ブランシュ。私をあなたの秘密にかかわらせてください。あなたは私が裏切ることなどできないということをご存じのはずです。

あなたを愛しています。

レイモン

追伸――そしてまた、なぜ、もう私に返事を書こうと思われないのですか。そして長いこと手紙をくださらないで放っておくのですか。

R

木曜日

あなたの素晴らしい手紙に返事を書くことにします。あなたにとても長く話をすることにします。この言葉はあなたの目覚めのときに届くでしょう。急行列車は五分後に出発しますから。

私はますますあなたが好きになる。それが希望のないものであっても、あなたを知ることができて幸福です。

今日手紙をください。多くの感動と喜びをもってあなたの手紙を待っています。

あなたを抱き締めます。私の愛しい人。

レイモン

ニース、ターミナルホテル

あなたから心を揺さぶる手紙がまた。あなたはかつてこんなふうに話したことも手紙をくださったこともありません。あなたがこのように、自分を示すということを私は想像もしていませんでした。それをあなたはどう思われるでしょうか。ここで、私が世界について、人間の心について、運命について考えていることを明らかにします。私の苛立ちから生ずる若干の悪辣な言葉を自分に禁ずる必要がありますが。それでも私を許してくれるでしょうか。あなたに望むのは、このような偉大さと精神の強さをもって常に話をすること。あなたは常に自分の運命を沈ませることはないでしょう。私は気晴らしとか、気分の凡庸さゆえの慰めに捉われてしまうことがしばしばです。後悔は怖ろしい。しかしあなたにとっての後悔はもはやあなたにとって後悔ではない。あなたの後悔は決してそのようなものではありません。それはあなたの人生においての強力なお気に入り、痛ましくもあなたに連れ添うものなのです。私はあなたを讃えます。ブランシュ。最も賞讃されるべきものがあなたの愛の才能なのか、際限なく苦しむ能力なのか私にはわかりません。しかしあなたのいるところへ私が到達するのは簡単なことであると覚悟してください。あなたの模範的な人格のせいで、私たち二人が共に望んでいる合意に反するものがあれば、私がすぐに壊してしまうことを覚悟してください。もはや、この世の側の慣習とか、へつらいなどに私は動かされないことをあなたに誓います。おわかりですか。あなただけが、私が決して欺かれないようなこの輝きと共に輝いていることを。それは出現あるいはお告げの輝きであることを。

もうやめます。私はもっと人間味のある手紙を書きたい。あなたがこの言葉を理解されていることはわかっています。私はあなたを傷つけたのでしょうか？　私も哀れみとか狂気というものを讃美しません。せいぜい認められるのは、私自身の運命が他の人とのそれと交錯する場を受け入れること、またそれが尊重ともいうべき感情の一部とも、許しとも言えるようなものであることです。どんなものでもあなたは非難されるのですか？　しかし、ブランシュ、それなしにはあなたが愛されるということはない。

そうです、ブランシュ。私はあなたに関わるすべてを愛します。私は「関わる」という言葉を最も広い意味で使っていますが、あなたはなぜ、自分の心について何を恐れているのですか？　私の眼前にそのほころびた赤い繻子《サテン》が広がっています……このサテンこそが素晴らしい人間的な心を摑むでしょう、ブランシュ。あなたは私の考えられる限りの地上における超自然的神秘の痕跡なんです。私がそれを想像した以上、他のことは考えられないのです。

愛に関する限り、私たちはお互いに離れることはありません。互いに苦しむかもしれませんが、私たちの苦しみが私たちを一層結びつけるのです。私たちは防衛とか、残忍さの衝動を強いられるかもしれない。しかしそれは、より大きな親密さに至る手段でしかないのです。私たちに関する限り、感情について人がふつうに思うものに反対することができると思います。あなたの手紙や私の手紙、そして私たちの全体的な関係こそその証拠です。私たちは愛を受け入れるしかないのです。私は最初の日からそれをすぐに受け入れました。あなたが、あなたが取り返しのつかないほどにそれを受け入れようとしていると私は感じます。

いつもあなたの傍に。

R

アミアン

いや、私はずるくありません。私は自分の無為徒食以外はすべてあなたに明らかにしました。あなたに言うことができます。私は何もしていません。私はどんな仕事もできない。そしてあなたの考えとあなたの手紙がもっぱら私を支配しています。あなたは酔った男は嫌いだと言いました。私は酒飲みです。しかし私が毎日出会う愚か者のようになるために、あるいはかつて幻影が友であった中に身を置くために、私はしばしばアルコールの誘惑に従わざるを得ないのです。そうしたときに、あなたから見棄てられることは耐えられないだろうということはわかっています。またそういうところをあなたに見せたくない。そういったことはお耳に入っているかもしれませんが、すべてを信じないでください。男たちは女に話をしているとき、他の男の話題になると大言壮語するものですが、そういうときは知性や心情が貧弱で輝きがありません。私は何もあなたに隠してはいません。あなたを愛するがゆえに。

私は汚れてはいません。せいぜい戦争と敗戦の産物だということぐらいです。私は一気に成長し始めましたが、ドイツの占領下では、この大きな図体を養う食料が不足していたものです。私はアスパラガスのように背高のっぽになりました。それはおわかりでしょう。ひょろひょろして蒼白く、頬はくすんだ緑色、そして二十五歳で歯はぼろぼろに。両親はこの町でカフェ＝タバコ屋をしていましたが、客は子どもに酒を飲ませることをおもしろいと思っていました。ドイツの兵士たちが一杯やりに来ていました。そのうちの誰かひとりが酔っ払うと、私はその男の頭を水道の蛇口のところで支える役をさせられました。両親は対独協力者ではありませんでしたが、立派な人でもありませんでした。生きるためには仕方がなかったのです。ドイツ警察が貧乏人たちを逮捕に来たとき、皆はカフェ＝タバコ屋でびくびくはらはらしていました。規律！　規律！　誰もが食うために闇商売をしていたのです。数人の娘たちはオイルクロスの椅子に腰掛けて兵士たちを待っていました。身近で売春をする娘たちに見慣れると、通りでの客引きの神秘や危うさ、下品さや魅力がなくなりました。彼女たちはポロ葱と白粉の匂うただのプチブルでしかなかったのです。彼女たちはすぐに私に愛と人生を教えてくれました。彼女たちの誰もが『タンタン』（エルジェ作のベルギーの人気漫画シリーズ。主人公は一九五三、五四年の作品で月に行っている）を読んでいるような子どもの味見をしたがりました。

私は嫌な奴ではありません。人生を知る、それは砂のようなものです。知ることは汚れを意味しません。私は二十歳でただ孤独と純粋さをもってパリに向かいました。もしも一九一四年から一八年にかけての第一次世界大戦後に私が二十歳だったとしたら、私はおそらくカフェ＝タバコ屋より上の階層に上るためにシュルレアリストになろうとしていたでしょう。代わりに私は第二次世界大戦終結の一九四五年のサンジェルマン＝デ＝プレに行き当たったのです。そこでは泥濘《ぬかるみ》以外の何も見つかりませんでした。確固としたものと思われた友人たちが雪だるまにすぎず、目の前で溶けだして同じ泥濘になってしまったのでした。愛はといえば……

私には恋人がいました。私たちは愛し合っていました。彼女は金持で、私は無一物。仕事に対する関心もありません。私はどこから彼女にたくさんの金が入るのかを発見しました。私たちは愛し合い続けました。彼女がいるために、食事の席で人に酒を奢らせるような傲慢なヒモです。騎士の資質などありません。私のマノン、子供のように無邪気な女を導く愛を、私は維持することができませんでした。愛は何も変えません。物事も、人間も。逆に肉体に愛があるのなら、悪徳を一層悪化させるだけ。頭の中にあるなら、魂と思考がより豊かになるのです。愛の名において私はすべてを説明します。私の考えではこれが政治の危険を回避するただひとつの基準なのです。許しは愛の最後の境界から生まれます。人が私を許さなくても……

ただ、あなたの目に接吻を。

レイモン

アミアン、一九五〇年　六月二十日

わかるだろう、私たちには共通の隠喩《メタファー》がある。同じ心を持つのに同じ精神を持たないことがあるだろうか。私を驚かしあきれさせるのは、君が見せかけようとすることだ。仮面はいらない。君は目に額にそして口に触れる。誰がこれほどの巧妙さに抵抗できるだろう。誰がこれほどの真の非情を信じないでいられるだろう。君が最高に甘美な魅力を付け加えているのだから。

君は来た。君は求めた。私たちが似た者同士ということを発見すればするほど、私たちは幸福になる。このだんだん高まる興奮を想像してくれ……こんなに長く別れていても愛し合うことができる私たち。限界まで愛することができる私たち。私たちはまた会うだろう。

長い長い口づけを交わす。そして私はあなたの手を思う……

R

一九五〇年　七月二日

私の愛しいブランシュ、あなたの二通の手紙こそ、私の幸福を募らせます。今朝、奇跡的に二通目の手紙が届きました。まったく明白です。「日曜日。あなたの返事を待つことなく……」そしてあなたはただ私にお天気がよくて、私のことを思っている、ということを伝えるためだけに手紙をくれたのです。私の本を受け取ったこと、あなたが満足したこと、あなたが傷つかなかったことを。可愛いお嬢さん！

あなたに愛をこめて接吻を送ります。あなたを熱愛しています。

R

アミアン　七月十二日

あなたと、あなたの心、あなたの手紙の数々、そしてあなたの声までもが私に届いています。すべてが目が眩むほど近くにあります。感動と率直さをもってそうしてくださったことにお礼を言います。

あなたには本当にそれほど雀斑《そばかす》があるのですか？　困ったことにあなたのどこにキスしたらいいのかわかりません……しかしそれだけですか？　あなたが恐るべき欠陥を隠していることを次第に確信するようになりました。たとえば、あなたが私を愛し得るということ。それではどのようにして私は回復できるというのでしょう。私も同じ欠陥を持っているというのに。

いまあなたはそこにいてくださる！　このように手紙を交わしていても、私はこれが戯れにならないかと心配しています。私にとってもあなたにとってもそうではなくて、私たち二人は共犯者のようなものですから。それでも私はあなたに手紙を書くのがとても心地よいのです。雨が降ったばかりです。たくさんの鳥たちがいて、花の数ときたらまるで巨人のようです。この奇妙な恐れのせいであなたに、涙を流すだろうと言うことができません。孤独の中の涙は、あなたが話していたピストルの銃身と同じくらい馬鹿げて輝くものですから。結局、雨が降ったばかりで、このクリスタルは世界を途方もなく大きくしているとあなたに言いました。ねじのひと巻きでお伽の国、ふた巻きするとグロテスクなもの——そして魂は完成するのです。

愛しいブランシュ、あなたに期待しているのは、あなただけが与えてくれる高揚なんです。あなたにそのすべてを説明します——そして私が失った人生への意欲を取り戻すことも。

今日、再び見出した愛情のすべてをこめてあなたに接吻をおくります。

レイモン

七月十三日

ブランシュ、至るところに音楽と回転木馬があります。しかしあなたへの思いが私を離れていきません。まだ数日先ですが、あなたを抱き締めてしまうかもしれないことをお許しくださるでしょうね。

限りなくあなたを愛します。

レイモン

アミアン　七月二十日

お手紙を受け取りました。そう、またお会いしましょう。あなたはアミアンを再び通るはずだったのに、なぜそうしなかったのですか？　なぜ、私は不幸なのでしょうか？　あなたは魅力的なことを書いてくださる。しかしなぜ、このようにはっきりしないのでしょう？　なぜ私の手紙を受け取ってくれないのですか？　あなたの出発の日に手紙を書きました。いつお戻りですか？　あなたは来るべきです。

私はこう思います。あなたの手紙は出来事の要約です。どうしてあなたはご自分の夫のことを私にまったく話さなかったのですか？　なぜ？　あなたにとって彼は何？　無か、すべてか？

あなたを力の限り抱擁します。

レイモン

ジュスタンは笑っていた。ひとり口先で笑っていた。低い声で。ブランシュに夫があるのを知ったことは、レイモンにとってかなりの衝撃だったに違いない！　ジュスタンも同じ機会に、この夫の存在を知ったと言わねばならないが、ブランシュの愛人はジュスタンではないのだ！　それをレイモンに告げるには当を得たときだった、彼らが一緒に寝たからには……彼はブランシュが女性飛行士であることくらいは知っていただろうか？　これらの手紙のどこにもそれを仄めかすようなものはなかった。

ジュスタンは窓を開けに行く……雨はもう止んでいて夜の闇は濃く淀み、なめし革のように柔らかだった。レイモンは嫌な奴だったのか？　確かに普通の男からは外れている。ジュスタンは、選ぶとすれば、ブランシュと同じく彼のほうを好んだだろう。それともシャルル・D＝P――ドロ＝パンデール、このシャルルがブランシュのルナ＝パークの管理人とはおかしなことだ！――彼は結婚していて、それは彼にとってどうでもよくても、ブランシュは不安と苦痛を感じたこともあり得ただろう。彼女が結婚していても、重大な影響をもたらすようにはみえなかった。ジュスタンは、ピエール・ラブルガド、あのジャーナリストの……の側にもつかなかった。そしてもうひとりの男にも反対だった。その男はフランスの財力を救ったというル・B、重要な政治家……本当の紳士で、小男。ナポレオンのような。肉づきのよい肩。少し腹が出ている。その男はロシア革の匂いを嗅いだはず。彼は金のシガレットケースを持っていた。結局、ジュスタンはブランシュが汚れた貧乏男を選んだことを祝福していた。アルコールが彼をあまりに早く燃え尽きさせることがなければ、彼は逆に、有名で申し分ない男になっているかもしれない。確かに彼には才能があった、レイモン……レイモン、どんな男なのか？　手紙には一九五〇年の日付があり、そのとき彼は二十五歳……現在は一九五八年だから彼はもう三十三歳。賽《さい》は投げられた……一方シャルルの手紙は一九五七年からだ……一体ブランシュは今、何歳くらいなのか？　三十歳くらい、もう少し上？　何を根拠に？　何もない……ということで……現在彼女が三十歳か、もう少しそれを超えているのだったらジュスタンは嬉しかっただろう。航空飛行の年齢制限は何歳なのだろうか？　心が病んでいない場合……ブランシュを取り巻く男たちは彼女を理解せず、彼女を幸福にできなかった。彼女が出会うべきだったのはそうした男たちではなかった。カルロスがいた。とてもハンサムな宇宙物理学者。シャルルに言わせれば嫉妬するほどの大変な美男子である……美しさ、それは彼女にとって重要なことだ。

ジュスタンは机に戻った。彼はレイモンとブランシュの愛の物語の続きを知りたかった。彼は相変わらずまったく眠気を感じない。

ニース　一九五〇年　九月三日

たくさんの悲しみと不安、不幸が私の身に襲いかかったような状態であなたに手紙を書いています。なぜか今日はとても精彩を欠いています。気を晴らすものは何もなく、私を受け入れてくれるものもありません。ただ大きな虚脱感、これはあなたの孤独と優柔不断と精神錯乱のせいです。私は言葉をどうしようもなく受け入れるということにうんざりしています。次から次へと私を充たし、私を悩ませ私を見放すものすべてに対して、私はどうしたらいいのでしょうか。ブランシュ、あなたのうちに見出す私の高揚についてなぜあなたは無感覚なのか。私はこちらにいて、あなたをどれだけ愛しているか、絶望がどれほど孤独を育むか、また、あなたが悲しみを映しだすことなく生きているのを想像できないし、あなたが普通に生きているのを思い浮かべることもできないと感じています。

今日、私たちを互いに近づけ、かつ遠ざけるものを分析しようとしています。あなたのすべてが私を惹きつけます。私のすべてがあなたを私の方に惹きつけているかもしれないが……まるで自分たちを打ち砕くものを互いに探しているように、すべてが起こっている。私は、あなたの素晴らしい人生、あなたの素晴らしい心、あなたの素晴らしい知性、これらすべてを恐れると同時に、高揚させられます。人が誰かを必要とするということをこれほどまでに感じたことはありません。私はあなたを無限に必要とします。私を責めないでください、ブランシュ。私は、私たちの「運命が結ばれている」と信じています。私の中のこの期待へとすべてが向かっているときにまで、あなたは到達しているのです。残酷な運命としてそれを受け入れてください。私はあなたを幸福にすることに専念するつもりです。思い出してください。お互いの愛が最高であったときにあなたが私に言われたことを。「ずっと一緒にいるとあなたに約束するわ」こうした障害は人生の中心に位置するという理由でのみ価値があります。心や精神で支えられなければ、男たちの人生で起こる出来事は何ほどのものでもないということを考えてください。ただ心と精神のみが残るのです。

あなたは私をたじろがせる若さそのものです。ブランシュ、あなたの欲望は青春期の人のものだから。私はこの点に関してはひとりの子どもで、他方ではひとりの男以上なのです。私を感動させる領域、世の中とは異なるものすべてをあなたに捧げるつもりです。あなたが私を見出したのもそこなのですから。

あなたの恐るべき経験、あなたの心、あなたがどんな代償を払っても飲み込まれたいと望んでいる深淵があります。もしあなたが私の不機嫌を許してくれ、あなたが存在するまさにその場所に私を導いてくれるならば、私はあなたをすべて受け入れます。

あなたを愛してます。

レイモン

追伸――これらの手紙はすべて私をたじろがせます。私は一日中休むことなくあなたに手紙を書くことができる。それが何になるのか。私はあまりに苦しくあまりに惑わされて選択ができません。お願いです。できるだけ本当の形の私をそこに見出すようにしてください。

ニース　一九五〇年　九月十五日

愛において取り返しのつかない感覚に浸っています。失ったものを取り返すための私とあなたの二人の試みが今では無駄であるということがあなたの手紙の中に見えてしまいます。それは言うほどのことではないのでしょう。どちらの側に非難がなされるべきかなどと考えるのは、お互いに傷つけ合うこと、時間の無駄というもので、それならば手を差しのべるほうがずっと簡単です。それが欠けていたとすれば、今回はこちらのせいで、私はそれを認めます。私がそうしようとしたとき、運悪くあなたはパリから遠く離れたところにいらしたのです。ものの見方の単純な誤り。愛しいブランシュ、私はそのことをあっさりと言い、悲しみをもって認めます。結局、私にはわかっています。——私にはそれがわかっていましたが、まったくわからない振りをしたことを認めましょう——私を引き止めようとし、次にパリに引き寄せようとしたことを。ブランシュ。あなたに対する臆病さではない。物質的な生活のためだった（私にとってはこれ以上明快であるということは難しい）絶対的な魅力と、息が苦しくなるほどのあなたの愛にもかかわらず、です。あなたと再び一緒になることは不可能でした。そして私はいささか恐れをもって感じていましたが、あなたの手紙はこのたったひとつの挨拶の機会を私に委ねていたということです。たとえすべてを失い、二つの幻想と戯れねばならないとしても、あなたの残酷さが私をさいなむように少しずつあなた自身をさいなむでしょう。要するに私は、あなたの傍らにとどまるべきだったのに、生活の手段を持っていなかったので、食うに困らないところに私は行ってしまったというわけです。他の何をあなたは想像できただろう？　しかし結局、ブランシュ、これらの手紙で必死になってあなたを愛していると、告白し、言い、また言おうとしています。それにこたえる以上、あなたは何も疑いを持ってはいけなかった。それは憐れみからだったのか？　私はそれを信じていません。また、愛がこのような空疎なものでは育たないということを知る十分な心の経験をあなたがしていると私は思っています。あの頃、あなたは不在を促すようにしていました。私はあなたから愛の告白を引き出そうとしていました。あなたは半分しか告白しなかった。あなたを混乱させただろうが、あなたの思い出の中に私が迷い込むことは絶対ないだろう……しかしこの告白を、馬鹿げた羞恥心によって私は「三つの言葉」と名づけましたが、あなたはそれを口にすることはできなかった。それをなぜあなたに強制できなかったのかわかっています。もっとあなたの近くにいたらもっと私は幸福だったろうか？　ブランシュ、私はあなたの不安を利用して唯一の夜を手に入れた。あなたの心を騙し、あなたは覚えているだろうが、あなたはその同じ問いに私を愛していると答えたのです。そしてあなたがもしあのとき誠実でなかったのなら、愛はなかったはずで、すべてを疑うことが可能です。

　パリで、別の目であなたと会うことは、私にはもう素晴らしい出現ではないということ。あなたにとってもそうではないということです。私はそのような覚悟をすることはできないのですが、時間と空間が私たちを他でもないひとりの女と、そして、ただケ・オ・フルール通りや他の場所で懐旧の情、あるいは無関心さをもってボンジュールと言うようなひとりの男にするということです。

それでも、私はあなたを愛しています、ブランシュ

レイモン

これがゴム紐で束ねられた包みの最後のものだった。そのうえ、他にもたくさんあったに違いない……二人は再会したのだろうか？　可哀想な嫌な奴……「私は毎日食うに困らないところに行った……」彼の愛を手玉に取りながら、ブランシュ、彼女は毎日食べられるという自分が持っている幸運を理解することなく、毎日食べられるということが当然であるというように、ブランシュ、彼女は愛の証拠を求めていた……そしてレイモン。彼は人から金を借りるのが習慣だっただろうが、今回は彼女に再び会いに行く工面がつかなかった。ブランシュが彼とけりをつけたのは正しかったのかもしれない……彼女のために、彼は試み、仕事を探し、扉を開き、橋の下で寝るべきだった……ブランシュが強く求めていた愛の証拠は何もとっぴなことではなかった。二人のために誠に残念だ。ジュスタンはばらばらになった手紙の中を探した、レイモンの空色のインクの文字を。とてもまっすぐで綺麗な、糸に通された真珠のような文字は見当たらなかった……ゴム紐で結わえられた包みから手紙はひとつもなくなっていなかった。なくなっているとすれば、

ブランシュが紛失したか棄てたレイモンの手紙だけに違いなかった。二人は再会したので、もうお互いに手紙を書く必要がなくなったということだろうか？　いや……この最後の手紙には別れの弔鐘が聞こえていた。愛の物語は終わった、電話の通話のように、交換手の女が尋ねる、

——終わりですか？

——終わりだ、ひとりが言う。

——いや、いや！　もうひとりが叫ぶ。

カット！　「Fin 終」という文字がスクリーンの上に、そのあいだにふたつのシルエットが反対の方向へ遠ざかる、思いきり月並みな終わり方。

夜は更けていた。ジュスタンはブランシュの寝室のベッドに戻る。彼はベッドに横になり、この凝った木の箱をしばし眺めた。テラスに向いて開けられた扉、引き忘れた短いカーテンの後ろの側面に二つの小さな窓があった。雨は止んでいる。ジュスタンが明りを消したとき、月は絨緞の上にひし形を描いた。奇妙なことだが、彼の指の下で「ＢＨ」とシーツに縫い取りされた頭文字が、ブランシュに実在感を与え、彼女を具体化した。ジュスタンは茫然として眠りに落ちた。

ジュスタンが目覚めたとき、太陽は月に、金色は銀色に入れ替わっていた。愛の抱擁は終わったが、接吻の味は唇に残って全身に喜びの谺《こだま》が響いていた……この陽光の中で彼はそっと毛布を顎に引き寄せる。彼は官能的な夢を見始めていた！　何も驚くことはない。この家にたったひとりで恋文と共にいるのだから……ライティングテーブルを開いて香水壜の栓を取ると、香りが家中に満ちて頭がくらくらした……

今日は日曜日。ヴァヴァン夫人はやって来ないだろう。上天気だから、たくさんの人が至るところ、通りにもレストランにもいるだろう。何をしようか。庭いじりでも？

庭は水浸しだったが、ジュスタンは石塀に沿った花壇の重い土を掘り返そうとして悪戦苦闘した……彼は家に入って体を洗い着替えた……台所で立ったまま軽く食べる。書斎に行き、古い雑誌に目を通す。午後、ジュスタンはモーパッサンの短篇《コント》をまた静かに読んだが、夕方近くなって彼ははっきり体の不調を感じた……何がいけなかったのだろう？　いや、全然何も！　すべてはとてもうまくいっていた。ただ……ただ、彼は退屈していた！　ヴァカンスは終わりに近づいていて、彼は十分すぎるほどの休息とヴァカンスを過ごしていた。モーパッサンのその一冊を同じ全集のあいだに納め、ジュスタンは『トリルビー』を手に取る。なぜ自分をごまかし、通りがかりに上の空でそれに興味をそそられる人のように取ったのだろうか？　『トリルビー』はすでに彼のものであり、彼はそれを映画にしたいというのに！

愛情をこめてその本を膝の上に取った。深い青色の古めかしい本は、厚い布表紙、小口の三方が金装丁になっていて、表紙にはタイトルと小さな図版が金で陰刻されている。中は黄ばんだ上質な紙、

TRILBY

A NOVEL

by

George du Maurier

Author of <Peter Ibbetson>

with 121 illustrations by the author

MDCCCXCV

トリルビー

（長篇小説）

ジョルジュ・デュ・モーリエ

『ペーター・イベットソン』の著者

著者自筆イラスト121枚付き

MDCCCXCV（1895年）

一八九五年……ジュスタンの母の生まれた年である。それで？　いや、別に何も……ちょっとしたしるしだ。ジュスタンは四十二歳になろうとしていたが、彼の母は彼が十二歳のときに死んでいる。母がどんなふうに彼に『トリルビー』の物語を話したのか覚えている……二人は公園の大きな菩提樹の下に座り、母は刺繍をしながら話をしたものだった……その頃はもう、『トリルビー』は新刊の小説ではなかったが、彼の母はこの物語がまるで起きたばかりのことのように、彼女がその日の新聞で知った前日起きた驚くべきスキャンダルのように話してくれたのだった。「スヴェンガリー夫人、世界でも類まれなオペラ歌手である彼女は、リサイタルの真っ最中、満員の聴衆の前で、突然歌うのを止めました。我に返った彼女は再び調子はずれに歌い始め、大混乱に陥ってしまいました……彼女が歌っているあいだ、彼女の正面のボックス席で彼女の夫のスヴェンガリー、この奇妙な男は心臓発作で死にました。一方、スヴェンガリー夫人は彼の目差しを失うと、もはや、気が動転した哀れな小娘でしかありませんでした……彼女は美しく、素朴な、素晴らしいトリルビーに戻りました」。ジュスタンの母は刺繡針を刺しながら抑揚のない微かな声で語っていた……「小夜啼鳥《ナイチンゲール》の、すっかり頭がおかしくなった女王……彼女はもう歌が歌えなくなってしまったのよ……」と母は言っていた。

セーラー服の小さなジュスタンは頰が火照っていた。彼の頭の中では常に現実と幻想が入り混じり夜の眠りを妨げた……彼の父が家にいるときは、音楽が大きな田舎家を満たした。早く寝かされたジュスタンにとっては、壁が劇場の幕のように上がり、まったくの子どもで、この世で無防備な彼の上に世界は無限の波となってやって来て彼を水没させ溺死させてしまうのだった……彼は母の話を聞きながら何を想像したのだろうか。母と父との関係？　彼にとってトリルビーの物語は、常に大きな菩提樹の下で刺繡をしていた母によって語られるのを聞くようなものであった……

「ママン、もう一度トリルビーのお話をして……」そして母は素直にその物語をまた話し始めた。しかしブランシュの書斎で見つけるまで、ジュスタンはこの本を読んだことがなかった……しかし、このページの中で出会ったトリルビーは古くからの女友達のひとりであって、彼は幼なじみに感じるような愛情を抱いた。始終考えているわけではないが人生の一部をなしているというような。

一八五〇年代はそんな時代だった。カルティエラタンの、粗末な服を着た尻軽女とシルクハットの連中……三人のイギリス人がパリに絵の勉強にやって来た。彼らはそこで背の高いモデルのトリルビーと知り合った。彼女は純朴で善良、素晴らしい女性で、無垢と素直さを体現していた。彼女が自分自身の裸体に気づいて楽園を失うきっかけは、愛だった。彼女が愛し、彼女を愛したのは三人のイギリス人のうちのひとり、リトル・ビリーで、著者に言わせると「英国の中流の上のクラス」に属する、にこやかな、忍従の、遺憾の念に駆《か》られるような人だった……彼は英語のアクセントをフランス語に、フランス語のアクセントを英語に書き替える、大変素晴らしい方法を身につけていた。作者デュ・モーリエのその方法はクノー氏（レイモン・クノー、一九〇三―七六。実験的作風で知られる作家・詩人。『地下鉄のザジ』）さえも蒼ざめさせる！ Little《リトル》 Billee《ビリー》、たとえばそれは、Litrebili《リトルビリ》となった。それのみならず、je《ジュ》 prends《プラン》の代わりに、je《ジュ》 prong《プロン》というように作った！ そして文章となると、Voila《ヴオワラ》 l'espayce《レスペイス》 de《ドウ》 hom《オム》 ker《ケル》 jerswe《ジュルスヴエ》という文は、Voila《ヴオワラ》 l'espece《レスペース》 d'homme《ドム》 que《ク》 je《ジュ》 suis!《スイ》と解読される。

ジュスタン・メルランは夢見ていた……『トリルビー』はまったく完璧な出来のシナリオだった。この作者が長々と話すことは非常に的確で、肉体的、精神的なディテールまでおよんでいて、場所、人々、風俗まで描写されている。それは映画監督にとって、その筋立て、主人公たち、時代をよく知るために必要なことだった。これらのディテールはイメージの中に表現されなければならないが、ジュスタンはできあがっている描写にしたがって、スクリーンにそれを描き移すだけでよかった。彼は当時のカルティエラタンを想像していた。芸術家たちのアトリエ、仕事や祭……パリや田園の散歩……バルビゾン、上っ張り姿に木靴《サボ》を履き、麦藁帽子やパナマ帽の画家たち……リトル・ビリー――リトル・ビリー！――が、トリルビーと共に、画家仲間のミレー、コロー、ドービニーの傍で暮らしたかったのはそこだ……というのも、リトル・ビリーはまだ駆けだしで、このお坊ちゃんは育ちがよく尊敬された。身綺麗で黒い髪と澄んだ瞳の美しいこの青年は、偉大な画家たちのひとりになりたいと思っていた。

ジュスタンは、大きなアトリエの戸口で十人ほどの男たちの前でポーズをとる裸のトリルビーを見つけ、恥辱と苦悩で動転したリトル・ビリーを思い描いた……まだ知らなかったのに、ふたりが愛し合っていることがこんなふうにわかったのだった……ああ、ジュスタンは思った。その内容が『椿姫』に変わりそうなときにはデュ・モーリエのユーモアを失ってはいけない。リトル・ビリーの母親と聖職者である彼の伯父が、リトル・ビリーが妻にしようとしている若い娘に会うためにパリに降り立とうとしていた。

しかし、まだそこまで行ってない……まず最初は愛だ……愛がトリルビーを変え、この若い娘がとりわけ美しい青年をつくり出すことになるのだ……ジュスタン・メルランは注意深く熱い好奇心をもって、愛によって変わったトリルビーの記述を読んだ。

『……彼女はよりほっそりとした。特に顔が細くなり、頬と顎の骨が目立つようになった。これらの骨はじつに正しい原則の上に（同じように額、顎、そして鼻も）構成され、変わりようは見事で、ほとんど説明不可能だった。

夏が去りつつあり、戸外で過ごすことが少なくなったせいもあって雀斑は消えていた。』（彼女はブランシュのように雀斑《そばかす》があったのだ！「なんて困ったことだ、あなたのどこに接吻したらいいのかもうわからない！」）。レイモンは手紙で書いていた……ジュスタンはこの類似点にうっとりする）。彼女は髪を伸ばし、項《うなじ》のところで小さなシニョンに纏め、平たくて小さな耳を出していた。その耳は大変魅力的で後ろの上の方の、ちょうどよい場所にあって、リトル・ビリー自身、それらの耳をこれ以上の場所に置くことはできなかっただろう。そしてまた、彼女の口は相変わらず大きすぎたが、よりくっきりとして、やわらかなカーブを持つようになった。イギリス風の大きな彼女の歯は非常に白く、そろっていたので、フランス人自身このイギリス風の大きさを大目に見るほどだった。そして今まで誰も見たことがないようなきらきらとして穏やかな光が彼女の目の中に点された。これは星、双子の灰色の星――というよりむしろ新しい太陽によって放たれたばかりの惑星だった、というのも、惑星が発しているこのやわらかな不変の光は、必ずしも惑星には属していなかったから……

……トリルビーのようなタイプ（ジュスタンは読んでいた）は、一八五〇年代より現代のほうがずっと賞讃されるだろう。彼女のタイプと、これを書いている時代のカルティエラタンでガヴァルニ（ポール・ガヴァルニ。フランスの挿絵画家。一八〇四―六六）が有名にしたタイプには奇妙なコントラストがあり、それだからこそ、喜んで彼女の魅力のとりこになった人はどうしてそうなったのかと驚きをもって考えるのだ……

……そう、ブリジット・バルドーの時代に、ジュスタン・メルランはミロのヴィーナスを出現させようとしていた。ほとんど目立たない背丈、厚い胸に、大きすぎず、小さすぎない丸い乳房……いや、違う、ヘラではない！　ヴィーナス、ヴィーナスだ。手首、足首は細すぎることはなく、手足の美しさ……デュ・モーリエはトリルビーの足の完璧さを詳しく語っている、見事にそれを語っている……

スクリーンではそれを描写する必要はない、見せるだけでいい。そのとおり。ジュスタン・メルランはこのヴィーナスを探し、見出し、彼女が息をのむほど美しいということを示すだろう……ただひとり、スヴェンガリーだけがトリルビーの美しさについて語るだろう……ドイツ系のユダヤ人でイタリア人の名前を持つ天才音楽家。「頭のおかしな奴」。あるときは極貧、あるときは金持、そしていつも嫌な奴。威嚇的で皮肉屋で不気味で、絶え間なくトリルビーの行く手を遮り、彼女と太陽のあいだに身を置き、彼女の上に影を投げかけるような人物……彼もまた、彼女の中に生じた素晴らしい変容に気づき、彼女にそう言っている……

『……トリルビー！　あなたはなんて美しいのだろう！　私を狂わせてしまう！　あなたを熱愛する！　痩せたあなたのほうが好きだ。あなたはとても素晴らしい骨格を持っている！　なぜ私の手紙に返事をくれないのか？　なぜ？　あなたは手紙を読んでいないのか？　燃やしてしまったのか？　そして私は、私は――ああ！……いまいましい！　私はそんなことを考えもしなかった！　カルティエラタンの尻軽女は読むことも書くこともできないのだ。彼女たちが習ったことといえば、男たちと呼ばれるあのうす汚い豚犬野郎とフレンチカンカンを踊ることだけなのだ……なんということだ！　我々ときたら、我々はあのつまらない豚犬野郎に別のダンスを教えようとしているのだ、我々ドイツ人は。我々は彼らのために、彼らを踊らせる音楽を作曲するのだ！　ブン！　ブン！　ブン！　そしてカルティエラタンの尻軽女は白い上等のランジェリーを撒き散らすだろう。あなたの豚犬野郎、あなたの卑劣なミュッセの追従者が言うように「素晴らしい未来を背後に持っている！」何、かまうものか！　あなたはアルフレッド・ミュッセの何を知ることができるのか？　我々にもまたひとりの詩人がいる。私のトリルビーよ。彼の名前はハインリッヒ・ハイネ。もし彼がまだ生きていたなら、彼はパリで、シャンゼリゼ近くの小さな通りで暮らしているだろう、彼は終日ベッドにいて片目でしか見ないだろう。まるでアン＝アン伯爵夫人のように、ああ！　ああ！　彼はフランスの尻軽女を熱愛し、その中のひとりと結婚した。その名はマチルド。そして彼女はあなたのように可愛らしい足（Süsse Füsse）をしていた。彼はあなたもまた賞讃するだろう。あなたの骨格の美しさゆえに彼は骨をひとつ、次にひとつと順々に数えるのを好むだろう。なぜなら彼もまた私のように、遊び好き、冗談好きだからだ。ああ、ああ！　なんて美しい骨格をあなたはつくりだそうとしているのか！　そしてすぐに、あなたは恋に狂ったあなたのスヴェンガリーに微笑まなくなるから、あなたは彼の手紙を読まないで燃やしてしまう！……』

ジュスタンはページをむさぼり読み、そこでは血も肉もある登場人物たちが彼らの宿命に従っていた。登場人物たちが幻覚を起こさせるシネラマの中で彼の方に向かって来るように感じた。奇妙な混乱が彼の心の中に生じ、ブランシュとトリルビーは溶け合ってひとりの女になった……醜悪で天才的、下品で神秘的なスヴェンガリーが手紙を書いた相手はブランシュで、彼女は彼の手紙を燃やしてしまった。それでなければ、ジュスタンが他の手紙と一緒にそれらを紙屑籠の中に再び見出しただろうに。世界で一番賞讃されるべき足と、双子の惑星ともいえる灰色の目、そして完璧に美しい骨格を持っていたのはブランシュなのだ。

しかし、遠い過去、ジュスタンの青春時代に遡ると、三人目の女がトリルビーとブランシュのあいだに巧みに入り込んできていた。その頃彼はとても若く、彼女は他の男と結婚していた。もう何年ものあいだ、ジュスタンは若くも美しくもないが誠実で粘り強い愛情で彼を愛してくれるひとりの女と肉体関係を持っていた。彼女は独立した人生を歩んでいて、高い知性の持主、彼が必要なときに存在するようにしていて、彼を邪魔することはなかった。この男女の結びつきにはただ夢が欠けていた。繭は決して蝶にはならないものだ。しかし世界は広大で、ジュスタンは他の場所でなくても他のものを夢見ることができた……ただ今日は、このハイネの引喩、もしハイネがまだ生きているとして、そして天才的で残酷なスヴェンガリーが、この可愛らしい足(Süsse Füsse)を引用していた事実は、ジュスタンがかつて絶望の中で繰り返していた同じ詩句だった。それは汽車が車輪の音を伴うように彼の苦しみを伴っていた……

夜ごとの夢であなたに会って
いつもやさしく迎えられると
ぼくはおもわず声をはりあげ
あなたの足下に泣きくずれる

『歌の本』ハイネ（井上正蔵訳、岩波文庫）

これらの詩句は忘却の深い沼の底から泡を立ち上らせる。窒息することなく何かがまだ生きているようだった。

彼はメロドラマのシーンを作り出した。リトル・ビリーの母親がパリに到着する。そして彼の二人の友人は質問攻めにあって困惑する……そう、トリルビーは高級品の洗濯女。そう、彼女はモデルなんです！　まあ、なんてこと！　するとそこにトリルビー本人が姿を現わす。そして彼女はリトル・ビリーと縁を切る。なぜなら彼女はリトル・ビリーの人生を台無しにすると言われているから……

リトル・ビリーが叫びながらやって来るシーン。「トリルビー、彼女はどこ？――彼女はどうかしたのか？……彼女は行ってしまった……ああ！」このシーンをジュスタン・メルランは身ぶりでやってみる。ほとんど泣き叫ばんばかりに……リトル・ビリーは気を失う。癲癇の発作のように。彼は精神錯乱を起こす……

……思いがけないことが起きるものだ。Pazienza!

いかにして愛がすべてを、月並みな人生やしきたりを吹き飛ばすか。それからいかにして愛が死に、もはや火が燃えなければすべては干からびて枯渇し、死に絶えてもう草も生えないかを見せる必要があった……心や精神で支えられなければ、男たちの人生で起こる出来事は何ほどのものでもないということを考えてください……驚くべきことにジュスタンはレイモンの手紙を引用していた、ブランシュの文通相手の！　そして続きは？　Pazienza, Pazienza!……いまや、この最初の部分を秩序立てることが問題だった。

ジュスタンは書き、メモをし、彼の登場人物たちのあとを追い、デュ・モーリエによって示された群衆の中から人物を選び、クライマックスを記し、そうなるべきシーンを記録した……彼はかなり誇張した。ジュスタン・メルラン自身がプロデューサーだったのだ。彼は望むところまで強く突き進むことができた。

そして彼が仕事をしているあいだずっとトリルビーにはブランシュの面影があった……いや、いまやブランシュに似ているのがトリルビーなのだ……Pazienza!　辛抱！　彼女はついにその顔を彼の方へ向けるだろう。

昼も夜も……ジュスタン・メルランはすっかり彼の登場人物たちと共に生きていた。

五年が過ぎる。リトル・ビリーは故郷で母と姉と過ごし、長い病気の回復期から脱しつつある。すでに有名になっていた。英国のデ・ドラヴォンシール伯爵領地の風景は、ジュスタン・メルランが幼年時代に母と共に過ごしたところだ。広大で緑に溢れていて人気《ひとけ》のない、この風景がリトル・ビリーの気持を虚無的にさせるのだと思う。ジュスタン・メルランは自問していた。リトル・ビリーは誰に心を開こうとしているのか。孤独、秘密、普通の小柄なイギリス人。きちんとした、そして天才的な。美しい隣の女の犬に。そう、犬に。それはリトル・ビリーにとってよき話し相手だった。ジュスタンはモノローグを書いていた。「僕はトリルビーを思う」と、リトル・ビリーが言ったとする。「僕は常に彼女のことを思う、何の感情もなく。実験で脳の一部を奪い取られたようで、僕はこの奇妙な現象に対する不安と、世の中のすべてのことに対する無関心以外何も感じない……」彼はそれを誰にも打ち明けない。たとえガーデンパーティと音楽の夕べのあいだ、彼が退屈していて隣には美しい女性、彼の姉の友人である若いレディが同席していても、だ……彼の前にはくすんだ永遠の黄昏の中、空無《くうむ》しかなかった。そしてある日、ウイリアム・バゴ、別名リトル・ビリーは翼を広げ、ロンドンに向かって飛び立つ。そこでは栄光が彼を待っていた。ジュスタン・メルランは別れのシーンと城館の階段のステップの前で彼を待っている数頭の馬、そして使用人たちを思い描く……

ロンドン、成功、上流社会、そして常に無関心。ジュスタン・メルランはそれについて知り過ぎるほど知っており、人が有名人を囲み、おしゃべりをし愛想を振りまく、このようなサロンのひとつを表現する方法を知っていた……ここで最ももてはやされる二人の男、リトル・ビリーともうひとりの男。彼に劣らず知られている画家が並んで黙って剣玉遊びをしている……しかし別れる前に生き生きとした会話を続けていたように、リトル・ビリーは言うだろう。「今日僕は、僕の最も古い最高の友人二人と昼食をとりました……たとえ僕がテーブルの下に火のついた爆弾の導火線に気がついても、僕は友人たちを救うため、自分自身を救うために何の動きもしなかったでしょう……」――「そんな絵がありますね」と、もうひとりの画家が言う。「そんな絵がありました……」と、リトル・ビリーが言う。そして彼らは別れる。美しいシーン……

続いて、ロンドンの最も豪華な邸宅のひとつでの音楽の夕べ……ジュスタンはまたもやイギリスでの父親を祝うレセプションを思い出していた。音楽愛好家たちが、二、三年前に音楽界に現われた素晴らしい女性について話している。ひとりの歌姫。彼女の前では偉大な芸術家も、女君主たちも、うっとりとひれ伏し、たくさんの花、宝石、そして心までも彼女に捧げる。かつて存在したことがなく、これからも存在することはないだろうという歌い手……スヴェンガリー夫人！　音楽だけがリトル・ビリーの無関心をよぎることができたので、彼は興味をもってそれを聴いた。ある日、神の声を聴くことができるのではないかという考えが、それを聴くまでは自殺するまいと彼に決心させる。

ジュスタン・メルランはトリルビーと共に生きていた。彼はトリルビーについて、大まかなことから細部まですべてを知っていた。その中の何を映画で表現しようとしていたのか？　彼は選択を始めた。彼はデュ・モーリエに、スヴェンガリー夫人になって画面に登場するトリルビーを描いて見せてくれたデュ・モーリエに、どれほど感謝していたことか、ブランシュの家のどこにも一枚の写真もなく、そして鏡さえ、彼が前を通ると、瞼を伏せてブランシュの面影を彼から隠すように思われていたのに……

『……深紅の鳥の羽根を刺繍した金色の布地のギリシア風チュニックをまとった背の高い女。彼女の露わな肩と腕は雪のように白く、彼女は頭に星の小さな冠をつけていた。彼女の豊かな栗色の髪は、項《うなじ》のところで留められて背中にたらされ、ほとんど膝まで達していた。その長い髪は美容院の店頭で見かける頭髪用ローションの宣伝のための後ろ姿の女のようだった……

……彼女の顔はほっそりとしていて、人工的なみずみずしさにもかかわらず、怯えたような表情をしていた。しかしその輪郭は神々しく、その性格はとても優しく、とても控え目で、素朴さと穏やかさにおいて大変心を打つので、彼女を見る人はとろけるようになってしまった。いかなる舞台でも、観覧席でもいまだかつて見たことがないような素晴らしく魅惑的な存在の出現だった……』

ジュスタンを困惑させたのは栗色で長い髪だった……ブランシュは金髪で、金色にして銀《しろがね》の短い髪だった。残念なことにブランシュは短い髪のはずだった。そのほかのことについてはブランシュはトリルビーであり、そしてスヴェンガリー夫人だった。ブランシュは彼の方に顔を向けようとしていた！　いよいよ彼は彼女を見ることになるのだ……しかしジュスタンは仕事を中断せざるを得なかった、すでに彼は心臓の鼓動が激しく、頭には靄がかかっていた。このような仕事はスポーツと同じで、天地創造の六日間のようにへとへとになるものだということを人はよくわかっていない。ひと息ついてそれから弾みをつけて一気呵成に仕事をする必要があるのだ……

ジュスタンが庭に出ると、傾きかけた日の中に初咲きのバラが見られた！　もう？　してみるとどのくらいの日夜をトリルビーと、ブランシュと共に過ごしたのだろうか？　彼はへなへなと足の力が抜けていくように感じた……他の場所に行って気分転換をしたほうがいい。彼は突然人に会ったり、物音とか人の声とか足音を聞いたりしたくなった……ジュスタンは家の中に戻り髭を剃り、着替えた。お気に入りのワイシャツ、青い着心地のよいカシミヤの上衣を着る……彼は満足し万事うまくいっているように思え、幸福感でいっぱいだった。髭も剃り終えた。後頭部の光輪のような髪を梳《と》かし、彼には珍しくきちんとした折り目がついているズボンを穿き、ジュスタンはフード付きの短いコートを腕に抱えガレージに行く。彼はオーベルジュ「死せる馬」で夕食をしに出かけるつもりだった。

すごい人だった！　彼にとってまさに必要なのは、優雅なご婦人たち、男たち、犬たちだ……心地よい音楽はあちこちからやって来るようだった。壁はほとんど一色で塗られ、香水と煙草の匂いが入り混じっていた……なんて綺麗な女たちなんだろう！　パリジェンヌたちは、ほとんどが無帽、ウエストはほっそり、そして胸の形がよかった——今年流行の真珠のネックレスは日焼けし始めた肌にかかる滝のようだった。先の尖《とが》ったほっそりした靴、小さな上衣は丈が短くボレロのよう。高くこんもりと結いあげられた髪型は頭を大きな宿り木のようにしていた……彼女たちは常にうっとりするほど美しくあろうとしている……美しい金髪の若い女がジュスタンに流し目を送る。彼女はジュスタン・メルランとわかったのか、あるいは単にサービスのつもり？　こうした仕草の矛先は、ジュスタン・メルランという人物ではなく、彼という存在に向けられるべきだったのだろうか？　ジュスタン・メルランは彼の創造物であると共に彼自身でもあった。彼自身が愛されるというのはどういうことなのだろうか？　自分の唇とかその他の部位がそうである以上に、ジュスタン・メルランは自分が自分自身であると感じていた。この名声は親からもらったものでなく、彼自身でつくったもの……彼はパイプの煙越しにその美しい若い女に微笑んでいた。その女の連れはまったく嫉妬を感じていない。男はこのような美しい女をパーティに連れて来たことを誇らしく思っていた。若い男には恐れるものはなかった。分別ざかりの中年男は、その若い男に嫉妬を抱かせなかった。彼女は文句なしに美しかったが、ジュスタン・メルランが探しているのはマリリン・モンローではなく、ミロのヴィーナスだ。彼はすでにこうした観点から女たちを眺め始めていた。ジュスタンが食欲を大いに発揮するかたわらで、アントワーヌは自ら彼の給仕をすることにこだわって、シャトー・ヌフ＝デュ＝パープのワインを選ぶ。アントワーヌはワインセラーを熟知していたので、メルラン氏に値段よりも最高品質のワインを提供する必要があった。ちょっとがっかりしているような美しい娘を尻目にジュスタンはコーヒーを飲むためにバーに移った……

バーでは煙草の煙越しには見えないが、人声がざわめくのとビリヤードの球がはじかれる音がぶつかり合って端の方から聞こえてくる。ビリヤードにもたくさんの人がいることがわかった。ジュスタンは、最後に会ったときよりさらにやつれて本当の浮浪者と見まがうような男爵が現われるのを見て、自分が腹いっぱいの食事をして血色のいい顔をしているのを少し恥ずかしく思った。男爵はベレーに指をかけて挨拶し、ジュスタンは腰を浮かせて自分のテーブルに招く仕草をした。男爵は挨拶に来たが、急いでいると言って、ただアントワーヌに彼宛の手紙がなかったかを尋ねただけで行ってしまった。

――万事休すですよ。アントワーヌはコーヒーを運んで来ながら意地悪く言う。彼にはもう住所がないんですよ。それでここ、私どもの店を手紙の郵送先にしているんです。彼は自分の城館の門のあたりにいます。城館が差し押さえられたので……彼がどこに寝泊りしているかあなたには想像もできないでしょう……

――そうだね……どこに？

――「死せる馬」キャンプ場ですよ！　小さな小屋の中です。道路から目につくところの……そこには郵便配達は来ません！

——木靴《サボ》の中？

——おっしゃるとおりです。メルランさん！　昨日からよい天気ですが、長続きはしないでしょうね。私がそう言うんですから。私の足は嘘をつきません……男爵が困難な状況から抜け出せないとは言いきれないでしょうが、やはり彼の歳では容易ではないでしょう。

ジュスタンは真っ暗な闇の中のキャンプ場を想像した。あの全部が空の、それぞれが隠れ場所になるようなテントの中にたったひとりでいたら恐怖感を覚えるだろう……

——つらいことですよ、アントワーヌはフランボワーズをリキュールグラスに注ぎながら繰り返す——彼のようなそういう習慣のない男にとっては……狩猟期のあいだ、まだ彼をここで見かけたものですが。彼は自分を有頂天にさせたご婦人と一緒です。私が思うに、そのご婦人は驚くほどセンセーショナルなところはありませんでした。本当ですよ。私は狩猟の格好をした彼女しか見たことはないのですよ、まるで青年のようで……

——金髪？

——彼女が帽子を取ったとき……そうです、まったくの金髪でした。

——脱色した金髪？

——いえいえ、天然です……偽の金髪は絶対に金髪と言えるものではありません、プラチナブロンドではあっても、まったくの金髪です。

——背は高い？

――質問攻めですね、メルランさん！　ボーイッシュな服装のご婦人、これが間違いのもとですよ……

――際立った特徴はないの？……アントワーヌ、あなたはうかつな男なんだね！

――率直なところ、メルランさん、私はそれほど彼女を見ているわけではないのですよ！　狩猟期間中、この辺りに来てくださる方からは想像できないような方です……

――どうしようもないね、アントワーヌ。せっかくブランシュに出会った人がいるというのに、その人が彼女のことをよく見ていないなんて！　しかしアントワーヌはこの著名な客の失望を察して付け加えた。

――感じのいい方で。そうですとも……気むずかしくなくて、健啖家で。料理がどれも気に入らず不味そうに食べるような女ではありませんでした。本当ですとも。狩りは腹が空くものです。実際に狩りをするとこのご婦人のように……すみません、メルランさん。お客が呼んでいるので……今日はお客が多くて昼食からずっとこんなふうです……

要するに彼から引き出すものは何もなかった。ジュスタンはテーブルの上に金を置くと外に出た……中は息が詰まりそうだった。彼はすでに喫煙と喧騒とアルコールの習慣を失くしていた。彼は大気をいっぱいに吸って歩いて戻りたいと思った。しかし車をどうしたものか。歩いて帰るにはあまりに遠すぎる……

人目を引くほどのものはブランシュにはなかったのだ……いずれにせよ彼女は注目されるほど

のものは持ち合わせなかっただろう。それは最初の手紙で彼が読んだとおりだった……例の大文字のBは、ブランシュにそう言っていた。それにもかかわらず、それでも……トリルビーも驚くべきほどのものは何もないひとりの美しい娘だったということだ。これがすべてだ……それでも……ときには、ひとりの男の目差しと状況が整うだけで、ある存在からその才能を引き出すことができるのだ……素晴らしいことになる。トリルビーの幻想的な話はブランシュのことではなかった。彼女は何を幻想していたのか、ブランシュは？　月へ行きたいという願望？　月に行くことに今では幻想的なところは何もない。そのうち誰もがふつうに思ってしまうようなことなのだ……自動車のヘッドライトの明りでジュスタンは目が眩んだ。進行中の車すべてが彼の車に接触するのではないかと思われ、脇に寄って道をあけねばならなかった……そう、彼女は何も超自然的なものを持っていなかった、ブランシュは。彼女が引き起こした感情の力以外。トリルビーのように。我々にはまだ説明できないようなある力。

『「あなたに出会った人で、あなたを愛さない人はいないでしょうね？」トリルビーの目は甘い喜びでうるんだ。この誉め言葉はそれほど素敵だった。そしてしばらく考えた後で、魅力的な純真さをもって非常に簡潔に彼女は言う。

「いいえ、私はそのような人に出会ったとは言えません。いずれにせよ、すぐには思い出せませんわ。本当にたくさんの人のことを忘れてしまいました！」』。ジュスタン・メルランはトリルビーを暗記するほど知りつくしていた……

夜も更けた。村は完全に闇に包まれ眠っている。ともあれ畑や森の中を横切って車を走らせるのは悪くなかった……彼は車をガレージに入れ、まっすぐに台所に入った。ウイスキーの一杯はうまい……おかしなことだ、ブランシュの家に冷蔵庫がないのは。そしてラジオも。彼女はそれらを運び出したのだろう。超自然的な魔法……ジュスタンはウイスキーの壜とグラスを手に書斎に行き、赤い肘掛椅子に腰をおろす……おそらく、彼、ジュスタンが強く愛する術を知っていたのなら、超自然的な魔法がブランシュを寝室のドアのところ、ステップの上に姿を出現させただろうに。ジュスタンはドアを見つめていた。白いネグリジェ姿のひとりの女。肩にショールを掛けて……彼女は顔をそむけているので、ぼかしたような横顔と小さくて平らな耳しか見えなかった……

ジュスタンは居眠りをしていて、はっとして目を覚ました。このまま肘掛椅子で眠り込みたくない。ベッドに入ったほうがよさそうだ。

朝、書斎に戻ると、書斎机がひどく散らかっている……ジュスタンはこのところ手紙の入った紙屑籠そっちのけで『トリルビー』にかかり切りだった。ほら、このとおり、手紙は書斎机の真ん中にある。前の晩彼は籠をひっくり返したのだろうか？　籠はいつもと同じ場所にあり、紙片の量は変わらない。昨晩はかなり食べ、飲み、危うく赤い肘掛椅子に寝込むところだったのだが。これらの手紙が書斎机の真ん中にある以上、それを置いたのは自分のはずだ。どういうことかよく考えてみよう。もしブランシュの愛人たちが他に言いたいことがあったとしたら……ジュスタン・メルランがすぐに『トリルビー』に取り組まない口実を探していたのは明らかだ。『トリルビー』に関心を持たないように振舞い、彼女を忘れて見ないことにした……彼女をもっとよく捉えるために！　しばらくして、彼は一気に『トリルビー』にとりかかり、最後のシーンを書くことにした。

水曜日

奥様

ぼくはこの手紙があなたを失望させる（一体何について？　ああ、）と確信していますし、またそんな内容を書くことを恐れてもいます。それでもぼくはこの手紙を書き直そうとはしないでしょう。読み返すとしても、それはスペルを確かめるためだけです。最愛の奥様。あなたにお礼を申し上げます。あなたはぼくに高揚をもたらしてくださった。ストラスブールにいらしてぼくを魅了してくださること、そしてぼくが昨日から強く感じているけれど言葉ではとても言い表せないたくさんの事柄にも感謝します。そしてそのことは、不思議にぼくが存在するという葛藤を高めます。

これらすべて、あなたはさして重要でないと評価するかもしれないこれらの贈りものに、ぼくは限りなく感謝します。

ぼくは昨日ベルフォールから、乱暴にも喜びの叫びをあげたくなるような思いをもって戻りました。——気の弱さのつけ。ぼくの車はたった六五キロしか出ません。奥様、少なくとも僕の鼓動は二一〇を数えます。おわかりでしょう。

しかし現状を明らかにすることにしましょう。将来、羅針盤をまた失う恐れは覚悟のうえで。ぼくはあなたとは数回お会いしただけです。ぼくがあなたについて思ったこと——お世辞ではありません——あなたはとても好感がもてる方ということです。あなたには当然でしょう。ぼくにとっても——後になってそれは奇跡になりましたが。

ぼくはそのような印象を持っております——正確にはいつから？　しかしそれが何になりますか——ぼくは危険を冒しました。いや、断固としてある領域を飛び越えました。そこでは推論、論理学、重力は廃止され、めまいやスピードオーバーが不可欠です。それで結論を出しましょう。（明確化しようという試みが無残な失敗であることがわかります。）

結論はありません。ぼくはあなたを愛していると確信していますが、それがあなたにとって意味があるとは全然思っておりません。そのことが、それ以上現実的な結論になり得るかわかりませんし、最近は、それを気にするにはあまりにも高いところにいるのです。ぼくは愛という言葉と、その派生語を遠ざけようと決心しました（ぼくは約束を守っているのです！）。愛という言葉があまりに傷つけられたかもしれません。またその言葉があなたから発せられると、その言葉は新しい烈しさと絶対的な力を得ます。だからわずかな日数と時間にしか存在しないものを彩るのにその言葉を使うのをためらっていたのです。

これで終わります。この手紙はもう脈絡を欠いたものでしかありません。どう思われますか？　あなたはそれを笑ったりはしないでしょう。ぼくはわかっています。あなたは、礼儀正しく微笑むでしょう。あなたはぼくを若くてロマンチックと思うでしょう。それでもぼくは客観的であろうとか思考の領域を超えないでいようとは思いませんでした。

おそらくあなたはこの手紙を厳しく考察するでしょう。というのも結局手紙は完全に慎しみに欠けているからです。手紙は四度の出会いと、俗な場所での一時《いっとき》の親密さでしか語り得ない極端さを含んでいるからです。ぼくを非難されますか、ブランシュ？

優しい奥様、ぼくはまだあなたに申し上げることがたくさんありそうです。それらが何なのか正確にはわかりません……しかし、まず、あなたがそれについてどう考えるのか――もうすぐですよね――あなたから話してほしいのです。いい気に思われるでしょうが、ここではぼくについて、ぼくの感情についてのみ問題にしています。ぼくはあなたについてほとんど何も知りません。あなたについて望むのは、ちょっとしたこと。たとえば、ぼくの知っているあなたの目の色、それを忘れないために、あなたの目をもう一度見つめさせてほしいというような……

トム

ジュスタンは溜息をつきながら封筒を探しあてた——封筒の丸い消印は、一九五二年、十月十二日だった。レイモンから二年後で、このあと何人くらいの男がまた……ブランシュの愛人のすべてが同じ時期に文通していたわけではないから、他にも手紙を書いていない相手がいたはずだ……

ストラスブール、木曜日

愛しい奥様、お手紙ありがとうございました。あなたご自身のことはざっとしか書かれていない手紙、あなたが大切な細部を書き落とす手紙は、たとえばあなたの優しさ、あの恐ろしいほどの優しさ、それについてあなたにも責任はありませんが……イヌサフランほどに有毒な原理なのです。

ぼくはもう少しであなたの出発された後の日曜日にパリに行くところでした。たいしたことでもない用事ができて行けなくなったのです。ぼくはそのことで以前のように取り返しのつかない状態のままでした。一週間、二週間後には、あなたはぼくを忘れてしまうでしょう。そうではありませんか、奥様？　ぼくはそれを悲しむでしょう。しかしぼくは、ぼくの悲しさも愛するでしょう。

（余談ですが、ぼくはちょっと前からとても幸福だと感じています。以前はどちらかといえば、ぼくは気難しい人間でした。ありがとうございます、ブランシュ。あなたがぼくにもたらしてくれたこの贈りもの、他の多くのものと、ぼくがあなたから力ずくで得たこの贈りものに感謝します。身持ちのよいご婦人たちも、贈りものをするはずだということでしょうか？）

ぼくはアンリにようやく再会しました。あなたが出発したちょうどその夜に。そしてぼくは彼に言うことができました。パリ特急が窓際の隅の席に身を落ち着けたあなたを乗せていったこと、（奇跡的に）三十五分遅れたことを。彼は、ぼくが気持が高ぶって地に足がつかない状態であったことや、とてつもない電位を帯びていたことに気づかなかったと思います。男というものは不思議に洞察力に欠けているのです。

三日前、初めてあなたに何か微妙なものを感じたその場所に戻りました。あなたにパリの道と、私たちがほんの少し歩いた道についてお話したいのです。ひとりの仲間と一緒でしたが、ぼくはそこの雰囲気に共感し、自分が探し求めている魂の高揚に達することができたのです。こんなラマルチーヌ風の精神の錯乱をお許しください。

おそらく一週間後の日曜日にはパリにいます。手紙か電報で確かめてから午前十一時頃お宅にうかがってもよろしいでしょうか？

そしてもうひとつ不躾なお願いですが、あなたの電話番号と、お邪魔にならずにあなたをお待ちできる時間をお知らせくださいますか？　おわかりでしょうか、愛しい奥様、ぼくは、あなたの瞳の色に続いてあなたの声の響きを捉えようと試みます！　この手紙は非常識であなたを不快にするのではないかという気がします。このへんでやめたほうがいいのでは……あなたの存在の中にはぼくにとって多くの名状しがたい、言葉に表せないものがあるのです……

ではまた、愛しき人……

トム

哀れなトム……彼は恋人を追いかけてパリに行くつもりだった……取るに足らない偶然の出来事で彼はそれができなかった……哀れなトム、彼もまた、一文なしで、おそらくぎりぎりの給料しかもらっていない。つまりトムは田舎者で、仕事は何をしていたのか。なんて田舎風だろう！ジュスタンは薄いブルーの紙片に目を通し始めた。ほんの少し乱雑な、知的な筆跡……

……ぼくにはわかっています。あなたと一緒にパリで過ごす十一月七日というこの日が、長いあいだのぼくの夢をふくらませるだろうことがわかっています。そのことがぼくにとって幻想的な規模になる、あるいはなるように思われるのです（これは熱狂ではないのです、ブランシュ、むしろ盲信でしょう）。これがまたあなたを「ひきとめる」手段だとぼくは思うのです。

何よりもまず認めてください。愛しいブランシュ、ぼくはあなたの人生の「お荷物」になろうというのではありません。あなたにこのことを受け入れてもらいたい、大目に見ていただきたいだけなのです。ブランシュ、お願いです。新鮮そのものの、この、いまだ供されていない感情の贈りものを受け取っていただきたいのです……

……ぼくは自分の些末なことを話そうとしていました。しかしぼくはこのテーマに触れるたびに悲しみを感じます。ぼくの人生はほとんど精彩に欠けています。主に捧げるべき何をぼくは持っているでしょうか。（さして長いあいだでなくそれが続くとして）主がぼくを御許に召されるとき？　主にとって少しも危険でない数ミリグラムの核酸なら持って行けます（そのうえ、ぼくは永遠なる、父なる神に贈りものをすることを気にしていません……）。

一体彼は何者なのか？　トムというのは？　科学研究に取り組む研究所で働く科学者か、あるいは？　違ったやり方で自己紹介した彼の手紙だ……便箋の上部に……「ル・セレクト」アメリカンバー……ジュスタンはページをとばす。手紙は延々と続き、明らかに夜書かれたもので時間が記してあった……

一時半

ぼくは共に過ごすこの最後の短い時間を明け方まで引き延ばしたいのです。この贅沢をお許しください。ぼくはまだ信じたいのです。日の出までは自分が何かの始まりにあることを、あなたがぼくの人生の中に入ってきてそこから出てゆかないことを。あなたなしに生きることはぼくにとって物質的にも不可能ということを。レアリストたちはぞっとするようなオールドミスのようなもので、極度に用心深くしなければつき合うべきでないと信じたいのです。ぼくは必要なだけのウイスキーを飲むことにします……

ジュスタンはその続きの解読に苦労した……少なくとも十二ページがたわごと……いや、たわごとではない、これは恋文だ。それだけだ。トムは理性を超えてウイスキーを飲んでいると告白しているようにみえる。ボーイは客がテーブルの下に倒れこんでいないかと、時々見に来てホッとして立ち去る……とはいえ夜は更けてゆく。

四時

……ぼくはあなたを愛する不可侵の権利を保持しています。ああ、ブランシュ。あなたの目の色は空の灰色から取ったのですか？（コンソメ——エスプレッソ一杯！——ボーイが叫んでいます。）

しかしぼくは泣き声であなたをうんざりさせたりしないことを約束します。あなたにとって（あなたが気に入る限り、そしてそれ以上に）必要としない、忘れていても身近に感じ、常にそこにいて命令を待ち、しかし控え目な、当直看護師のような友でありたい。しかしどれも使ってみないとわからないのです。ぼくを試してください。ぼくはあなたに誓います。ブランシュ。あなたを愛すること、友として最善を尽くすことを。ぼくは一〇〇キロ走るのにごく僅かしか消費しません。維持が楽です。（隔月に十行の手紙で足ります）フォードのように御しやすい。けれどもぼくは大量生産でないということを付け加えねばなりません。

ですから、愛しい人、ぼくがあなたに捧げるこの友情を受け入れてください。その場しのぎではなく、実用的な折り畳み式、携帯用（たやすくバッグに収まる）贈りものとして。

ぼくはこの足で、ウイスキーによるこの非常識な行いを示しにあなたの管理人のところに行きます。彼女はもう起きているはずです、あの管理人の女は。そのあとでパリの東駅に行きます。

最後に、愛すべきブランシュ。あなたに、希望はないが光に満ちたぼくの愛を話させてください。何が起ころうとも、あなたに限りない感謝を捧げます。

トム

愛しい奥様
お手紙ありがとうございます。お手紙は見事なほどに物事やぼく自身をあるべき場所に戻してくれます。ぼくは心の苦痛もなく、非難もなくそれを認めます。
しかしぼくは次の日曜日にパリに行きます。あなたにお会いする必要があるのです。
いつでも、どこでもお望みどおり。

――心をこめて、トム

ジュスタンはいらいらして肘掛椅子を押しやった。彼は突然すべてこれらの男たち、ブランシュに陰で操られている男たちへの連帯を感じた。トムの手紙はジュスタンにウイスキーを一杯やる気にさせた。それは昼飯前にはちょうどいい。彼は台所に行った。これら数通の手紙はレイモンの小説のダイジェストだった。出会い、一目惚れ、不在、再会、愛のエクスタシー、別れ、終局。ブランシュは、今回は手早くより迅速に処理し、彼女の「文通の相手」とは肉体関係を持たないというよい趣味を変わらず維持していた。夢想家、田舎者。彼らのうちのある者はパリに上り、皆がラスティニャック（バルザックの『ゴリオ爺さん』に登場する田舎育ちの青年。野心家）のようではないが、その田舎臭さを取り除いて、もう見せかけを装うことはない。しかしそれでも「田舎者である」し、彼らは腐葉土としてパリの土になる。ブランシュは、たとえば友達に会うというような理由でストラスブールに旅したそのあいだに、友達の家で彼に会ったに違いない。トムは彼女の道筋にいたのだ。「科学研究所」がストラスブールにあったのだろうか？　大学があって、教授陣がいたのかもしれない……トムは、凱旋門の下で兵士として無名のまま死んだ英雄のひとりのような男だった。英雄のひとりは小役人、ブランシュの、「ルナ＝パークの管理人」と称しているシャルル・ドロ＝パンデールであり、彼らはひっそりと、讃辞も、花も、冠もなしに科学労働者として死ぬのだ。ジュスタンは、この明晰なトム、ブランシュが素早く片隅に追いやり放っておくことをよく知っている、自分に起きたことを悟っているトムに熱い共感を覚えていた。しかし、彼女を知ったことがトムには不幸だったのだろうか？

ウイスキーグラスを持ったままジュスタンは書斎に戻り、ゆったりとパイプに火をつけた……結局のところ、これらの「人間記録」はできそこないの小説としての価値しかなかった。これらを神聖なものにするためには芸術性が必要だ。ジュスタン・メルランは芸術についての思索の中に沈み込んだ。いつかもう映画を作らなくなったら、どのように芸術作品が作られるかについて彼は書くだろう。彼の時代にどのように芸術は作られていたのかについて。今はシネラマがあった。いかにして芸術はシネラマと適応するのか。いかにして適応させるのか。彼は何をそこから引き出そうとしているのか？　今日明日のことではないが、すでにジュスタンは自分が長いこと使い、いつか消えてゆくこの古い道具に後悔を感じていた。彼の芸術は宿命のように進歩を甘受していた。映画と飛行のあいだになんの違いもない。というのも映画をつくるためには進歩が不可欠なのだ。作家でいて、共に生まれ、共に変わりゆく言語とのみ一生関わるということは幸運なことだ。作家に対しては、総天然色、シネマスコープ、飛び出す立体画面などが押しつけられることはない……ジュスタンは立体画面の映画のことを考えたが、すぐに我慢できない興奮が彼を立ち上がらせ、そこらじゅうを歩き回らせた……ともかく、彼はとてもやってみたかった！

ジュスタンは道に面している庭から畑に出た……彼は考えていた。作家、作家は常に自分の言葉と共にあるだろう。その言葉を鵞《が》ペンで、タイプライターあるいは口述で書くのだ。彼の思想を伝える方法は問題ではない。問題なのは、思想であり、言葉によるその表現であって、そこでは予測あるいは予言が可能……それは人がどの視点からものを見るかによっている……ここではすべてが創造者の才能の結果である……一方の彼、映画制作者は、映画の技術的状況と、科学的状況に支配されるのだ。

プラスチック製品の工場に近づくと、この場所とは何の関係もなくジュスタン・メルランは考えた。新しい素材の出現と共に彫刻は変わらざるを得ないだろう、レーダーによって生命のない物体に動きを加えることができるだろう、と。彫刻は歩き、ターンをし、ダンスをするだろう……音楽もまた、新しい楽器の発明と、髪の毛ぐらいの微細な音を聞きわける耳の洗練によって広がっていくだろう……どう考えても、皮膚のように直接人間に貼りついて抵抗するのは、確かに書くことだけだった。ジュスタンは小さな雑木林に入り込んで射撃場に下りたところで道を引き返した。

家に戻ると彼は少しのあいだ書斎机でぼんやりとしていた。ドアを押して開けに行く……自分が空っぽのような感じがして『トリルビー』を再び手に取る気にならない。何も……何も。おそらくこれらの手紙、トムの手紙のせいだ。実際、ジュスタンはブランシュに混乱させられ、それで陰鬱な気分になっていた。まったくのところ自分に妻がいて、その妻と言い争いをしたようなものだった！　たとえブランシュが間違っていても、彼に許しを乞いに来ることはできない……結局、ジュスタンはガレージに行き愛車のシトロエンを出した。まさに、独楽が倒れないために、時を止めないために、感覚を鞭打つように……彼の中で弱まって死に瀕している活力を再び高める必要がある。急がねばならない！

太陽、風……三〇〇キロくらい走った後、ジュスタンはセーヌ河畔の郊外レストランで食欲旺盛に食べ、夜になって帰宅した。今日一日のことと、ようやくベッドに入ることが許されるのに満足していた。夜も更けていたから。

今、ジュスタンは仕事を再開しようとしている。トリルビーが彼を呼び、彼は新しい力で彼女を再び見出すことに待ちきれないほどだった。しかし、彼はウイスキーの壜で飾られた書斎机に身を置くと、手を無意識に手紙の入った籠に突っ込み、数枚が一緒に束ねてあるのを取り出した……おや！　あのジャーナリストのピエール・ラブルガドの筆跡のものがまた……

ブランシュ、僕の可愛いお嬢さん、僕は戻らない。僕はここで君の声を聞く。「それで？　そのことが何か私に関係があるの？」と、そんなふうに怒らないでくれ！　君が僕を必要とする場合のために常に、僕がどこにいるかを君に知らせなければならないと思っているだけだ。僕に南アメリカ一周の話があって、僕はその気になった。それで、上陸するとすぐパリに戻ることなく再び船に乗った。

そうか、逃げ出す奴がいるんだ！　ブランシュがこの恋人に少しも本気でないのは、まったく間違っていなかった……あれ、二つ折りの手紙の中に電報がある……同じような二通の電報……

僕カラノ紹介ト言ッテ、ジャフェ医師ノトコロへ行ッテクレ、ピエール・ラブルガド。

僕カラノ紹介ト言ッテ、ギャルソン先生ノトコロへ行ッテクレ、ピエール・ラブルガド

これはリオからだった。そしてピエール・ラブルガドのがもう一通。

ブランシュ、僕は君に、昨日と今日電報を打った。何がなんだかわからなくて僕は動転している。君はデモのとき、一体どうしてシャンゼリゼにいたのか？　なぜ警官たちは君を殴ったのだろうか？　腕を折られたという青年は誰？　僕は混乱した手紙をミッシェルから受け取り、それを知ってすぐに君に電報を打った。僕は不安でいっぱいだ。一ヵ月以内に戻るのは不可能だし、着いた翌日に逃げ出してしまったので南アメリカの

旅行費用を払ってもらえなかった。ブランシュ、僕は不安で気が変になりそうだ。お願いだ。すぐに電報を、手紙をくれ……君は重傷を負っているのだろうか？　医者は何と言ってるのか？　ジャフェ医師のところへ行きなさい。彼なら安心だ。彼は自信がなければ専門医のところへ回してくれる。君は何かの容疑者なのか？　まったく馬鹿げた話だ！　そんなときは、君に電報を打ったようにギャルソン弁護士を訪ねなさい。ああ！　君と一緒だとひとときも心が安まらない、君は空中にいないときも、空中と同じくらいに地上を危険にする方法を探している。

ブランシュ、僕の可愛い人、君に何が起きたのか？

ピエール

ブランシュに何が起きたのだろうか？　ジュスタンもまた、それを知りたいと思った。ピエール・ラブルガドの他の手紙は、ざっと見渡したところではもう見当たらない……ジュスタンは黄色の業務用封筒を手に取った。それはピエール・ラブルガドの二通の手紙や電報と同じ束の中に入っていた……下手な字で埋めつくされた一枚の方眼紙。

拝啓　ブランシュ様

お約束したように、僕の近況をあなたにお知らせいたします。あいつらは我々を朝まで留置しました。あなたが早く出たのは幸運でした。あなたにまたお会いできればいいのですが、奥様、そうしたら僕はあなたに話の結末をお話ししましょう。僕の仕事は六時きっかりに終わります。毎日あなたをお待ちしております。

ジャコ

話の結末……話の最初から知りたい、とジュスタンは思った。彼は業務用封筒から最初のに似た一枚を取り出す。

申し上げることはありません。ブランシュ様、今回、あなたは面倒なことの起きる前に立ち去られたのです。気分はいかがですか？　僕はあいつらが、あなたを死ぬまで石畳の上に放っておくつもりだったと信じています！　ジョルジュは腕を折りました。しかしそれはなんということもない。血の流れるのを見なければ、すぐにはわからないからです。あなたのほうは、明るい色の服の上を血が流れていて大変でした。ああ、ブランシュ様、あなたによって皆は自分の状況がわかりました！　あなたは、フォーブルサントノレからマルゼルブ通りまで気絶したままで、皆はあなたが死んだと思っていました。冷酷な警官の一団のために、連中はまったくひどい一団です……私はあなたに言われたとおり、あなたにいただいた住所、フルール河岸のあなたの家に行き、そして電報も打ちました。私は郵便物を持ってきて、看護師に渡しました、あなたはそれを受け取ったと思います。すみれの小さな花束を添えることにしました。ブランシュ様、私たちは偶然、囚人護送車の中でお会いしたのです。お互いに助け合いましょう。そうですね？

永遠に。

ジャコ

ピエール・ラブルガドもそうだったに違いないが、ジュスタンも驚いた。ブランシュは二度もシャンゼリゼに、それもデモの日に何をしに行ったのか？　本文に日付は見当たらず、手紙の上にもない。封筒の日付は判読できなかった。何もわからない。ブランシュは政治には関わっていなかった。どこにもその形跡はなかった。家の中にも彼女宛の手紙の中にも。政治への関心やそれを暗示するような形跡もなかった。ド・ゴール派か否か。ハンガリー、アルジェリア、どれもブランシュは気にとめていないようだった……その彼女が、デモ隊の参加者と一緒に囚人護送車にしょっぴかれ、警察、病院にいるとは！　ジュスタンは文字どおり不安を感じた。彼は籠から数通の手紙を取り出したが、この話に関係あるようなものは何も見つからず、ページを埋めつくす愛の言葉には興味はなく、失望して庭に出た。彼はもうトリルビーのことは考えていなかった。

ブランシュの青空は地上にまで広がっていた……ジュスタンは、ミヤマキンポウゲや野生のひな菊に覆われた芝生を歩いた。ウイスキーグラスを持ったまま。来年は地面を掘り返して、種を蒔きなおし、新しく芝生を造りなおす必要があるだろう……なぜブランシュはあのデモにいたのだろうか?……それは彼のブランシュに対するイメージを混乱させた。ジュスタンは自分自身に不満だった、彼にはブランシュに関わる時間はなく、彼の注意を傾注しなければならないのはトリルビーだった……彼は鉄柵の扉が開いて、また閉まるのを聞いた。ヴァヴァン夫人が来たという合図だ。一匹の猫が石塀の上を歩いていた。スペイン風のステップを踏むサーカスの馬のように脚を上げて……深緑の木蔦が背景の青一色の上になめらかに茂っていて、切り揃える頃合いだ……ジュスタンが、猫と石塀に這い上がっている木蔦を目で追っていたとき、驚くべきことが起こった……

石塀の上部に頭が、肩が現われた……カーキ色の男たち、シャベルで武装した……彼らが庭に飛び下りているあいだに、他の男たちは畑の側の柵を乗り越えている最中だった……大きく見開いたジュスタンの目は、シャベルに加えて彼らの手の中の「ダイナマイト」の文字の記載された白い鉄箱を認めた。確かに何人かは腕に小さな白い杭のようなものと、電気の端子のようなものを抱えていた……どの男たちもジュスタン・メルランの存在に気づいていないように見えたし、誰も自分の周りを見ていなかった。ちょうどそのとき、ジュスタンはヴァヴァン夫人の言い争うような声を聞いたが、それには落ち着いた低い声が入り混じっていた……声は烈しくなり、そしてヴァヴァン夫人は叫んだ、「助けて!……」ジュスタンは駆けつける。小さな扉のところにヴァヴァン夫人がいる。白髪混じりの黒い髪が逆立って膨れあがっている。オーバーを着てソフト帽を被ったひとりの男を彼女は両手で押し返していた。

――メルランさん！　ヴァヴァン夫人はわめいていた。この人たちは、この家を吹っ飛ばそうとしているんですよ！

――ほら、これを飲んで……ジュスタンはウイスキーのグラスを渡しながら言った。彼はこのグラスを、悪夢のシーンの最初から、当惑しながら馬鹿みたいに持っていたのだ――それで、どうしたんですか？

その男はソフト帽を取って、

――申し訳ありません、と男は言う。この家は空家という報告がありましたので……失礼しました。私はジャック・メルパと申します。X石油会社のエンジニアです……私どもは今、試掘をしています。それで私どもの調査は、オートヴィル夫人の地所にまで達していますが、それは現在は、雇い人の話によればあなたのものだそうですね。石油会社は公益と認められており、特定の法的権利も得ています……国益の観点からしまして……

――私は国益なんかどうでもいい、ギャング、悪党、山賊の輩のように人の家にずかずか入り込んだりするものではない。と、ジュスタン・メルランは顔を真っ赤にして言った。本当に無礼だ。身分証明書を見せなさい……私は直ちに憲兵隊に知らせに行く……

――お好きなように、ムッシュー。さあどうぞ、時間の無駄を避けましょう。もしあなたが、私の身分証明書が正規のものでないとわかったら……それから、もし何か損害がありましたら直ちに弁償するということをお伝えしておきます。会社はそんなことでぐずぐず言いません。

――いい加減にしろ。ジュスタン・メルランは言った。私に言えるのはそれだけだ、おまえたちの一団はあまりに多いからな。私はファンファン・ラ・チューリップ（一九五二年公開『花咲ける騎士道』の主人公。ジェラール・フィリップ主演）ではない。しかし、おまえたちはクー＝クラックス＝クランの類だ。私は憲兵を呼びに行く。

　ジュスタン・メルランはゆうに時速一六〇キロ出して走ったが、憲兵隊は隣というわけではない。そして結局……

――彼らは法的には正しいのです、と、主任は言った。私どもはそれについて何もできません。まったく何も……あなたの話はよくわかります、ムッシュー……でも私どもは何もできないのです。執行官に証明書を作ってもらってください……そういうことです。どうしようもありません、ムッシュー！　そう、あなたの話はよくわかります……でも何もできないのです……

　戻る途中で、ジュスタンはめんどりを一羽轢き殺した。ブランシュが素手であっても警官に向かっていったのは正しかった。理由は何であれ、彼女は立派だった。あの武装した男たち、警棒たち、あの陽気な壁、勝利を確信し、戦車の車輪のようにのしかかってくるもの……そんな彼らの前では、人はめんどりでしかない。無力さ……ジュスタンはカーブで、彼の前に立ちふさがった壁に突っ込みそうになり、もうひとつの壁のように馬鹿でかいトラックをぎりぎりのところで避け、突っ走った。彼は囚人護送車に押し込まれたブランシュを想像し、警視と、最強の男たちを想像していた……ジュスタン・メルランはとても落ち着いた男で、自分自身を制御できなくなってしまうことはほとんどない。「彼女」の人生に他の男がいることを疑ってもいなかったのに「彼女」が結婚していることを知ったときと、ドイツの捕虜収容所（第二次大戦中）にいたとき……そして最後はもう数年前になるが、彼のプロデューサーの事務所での一件くらいだ。それ以来、自分の映画は自分で出資することにしている。

彼は車の中で冷静さを取り戻した。幸いなことに。それでなかったら、庭を見て何かしでかしたかもしれない……芝生も、ひな菊も、忘れな草、そして小径さえも跡かたもなかった……ぼこぼこの地面、ぽっかりあいた穴がならび、暗い穴、大きな土の塊、あちこちに十字架のように白い杭が打ち込まれ、できたばかりの軍人墓地のようだった……バラの木も、花壇も、失くなっていた……大きな菩提樹と、リラの木の茂みは根を露わにしていた……この混乱と荒廃の中に白いからっぽの鉄製の箱「ダイナマイト」とラベルの付いた箱が散らばっていた。まさに戦場の風景。ジュスタンは戦闘の後に戻って来たのだった。荒れ果てた庭にはもう誰もいなかった。彼は家に入った。

台所の中ではヴァヴァン夫人が洗濯釜の傍で泣いていた。あまり激しく泣いたので、彼女の腕とエプロンは洗濯の水ではなくて涙で濡れているように見えた。

——連中には権利があるようだ。ジュスタンは言った。それはヴァヴァン夫人には呪いか呪詛のように聞こえ、彼女を爆発させた。

——権利ですって。彼女は声を限りに叫んだ——権利ですって！　十五対一なら全面的に正しいということなんです！……憲兵隊は何をしてくれるというのですか。あなたにうかがいたいものですわ？　見下げた男どもを止めさせるのに！　株式会社はもちろん、どこの誰かもわからない男どもにまかせられません……全部ぐるです、全部が！　いや、帽子の太った男……怖いもの知らずだわ……どこの誰かもわからない男どもめ、何も恐れていない。だから憲兵を呼びに行ってください……

ひどくすすり泣きながら、ヴァヴァン夫人はガレージの中に走り込んだ。彼女は自分を抑えることができなかった。ジュスタンは戸口や洗濯釜を眺めた。そして再び書斎に戻った。彼の怒りは鎮まっていた。錫の枠に囲まれた鏡は彼の蒼白い顔を映し出した。空もまた銀色だった。

ジュスタンは、赤い肘掛椅子に座った。この馬鹿騒ぎを引き起こしたのは、ブランシュ逮捕という古いニュースとも言えそうだ。ブランシュはもはや生きておらず、存在していないのに……それらの厄介ごとは同種類だった。ジュスタン・メルランは怒りで疲れ切って肘掛椅子の中でうとうとした。指の先で火の消えたパイプは絨緞の上に落ちた……

彼は叫び声で目が覚める！　また例の奴らがやって来たと思い、たまたま手にした重いブロンズのディドロの小さな胸像――を摑んで庭に走った……

それは柵の、もう一方の畑に向いた開口部のところで起きていた。前の列に、庭を荒らしたと同じ長靴を履いた逞しい男たちの一群がいて、畑の側には、鋤で武装した農民の一群がひしめいていて一列縦隊になって対峙していた……両者のあいだに畑の軟らかい緑があった。全員が叫んでいた！　銀色の空は低く垂れこめ、小刀のような光の狭い裂け目が地平線に沿っていた。長靴の逞しい男たちは一歩進み、農民たちは鋤を振りかざし、罵詈雑言を浴びせかけていた。男たちはまた一歩進み、彼らの長靴は軟らかい緑の畑の上に踏み置かれた。農民たちは、水際のように畑の端に位置を占め、もって生まれた自然なやり方でひと回りして、二つのグループに分かれた。そしていまや、彼らは鋤を構えると、麦を駄目にしないように左右から長靴の男たちを捕まえようと走り出す……逞しい男たちは、すぐに畑の真ん中を横切って全速力で逃げ始め、かすかにふくらんだ畑の下の茂みの中へ消えた。農民たちは、男たちを追いかけようとはせず、鋤に寄りかかってその男たちが逃げ出すのを眺めていた……雷雨の轟きが遠ざかるように、罵る声と叫びが鎮まった。ゆっくりと鋤を肩にかつぐと、何度も振り返りながら農民たちも遠ざかり、ついに消えた。

ジュスタンはほっと息をついた……ブロンズの胸像の頭を握り締めていたので、ディドロの鼻が掌に喰い込むほどだった。駆りたてられた興奮状態で、彼は庭の中を行ったり来たりしていた。ヴァヴァン夫人は行ってしまったのだろう。それかこの大騒動で彼女は家の外に出て行ったということだ。それでも彼は台所まで見に行き、自分が前日から何も食べていないことを思い出した。その日は常軌を逸した事件のせいで長かったのだと彼はふいに思いついた。ヴァヴァン夫人は確かに台所にいなかった。しかし洗濯釜の下に少し火を残していたから、きっと何か食べ物を持って戻ってくるだろう。律儀なヴァヴァン夫人、ジュスタンは彼女を待たないでパンの中にチーズをはさみ、まるでビストロのような大きなサンドイッチをほおばりながら思った。木靴《サボ》を履き、鋤を突き立てたあのシルエットは、正真正銘の農民の反乱のシーンだった。彼らは悪党どもを好きなようにさせなかったし、彼らの種を蒔いた畑を戦場シーンに変えることを許さなかった。そうなのだ！　逞しい男たちは手ごわい相手に出会ったのだ、彼らはあらゆるところで最強というわけではなかったのだ。『トリルビー』は放っておいて、農民一揆を手掛けたらどうだろうか？素晴らしい物語だ！　生涯の傑作！『トリルビー』の幻想的空想物語に比べて、売れゆきが見劣りするわけではないだろう？　ジュスタンは赤ワインのグラスを飲み干すと急ぎ足で書斎に戻った。

彼はすぐに『ジャクー・ル・カン』を見つけた……実際はここ、ブランシュの書斎で見たことがあり、彼の記憶にそれをとどめさせたのはブランシュなのだ。またもやブランシュだ。突然、彼女は月の周辺から地球にこっそり戻り、彼にテーマを囁いていた。

ジュスタンは書斎机の前に座った。後頭部の髪の光輪は頭の中の興奮で燃えるようだった。なんという閃きを受けたことか！　片手で本を、もう片方で万年筆を持ち、彼はノートを取り始めた……

ヴァヴァン夫人が書斎のドアをノックしたのは夕暮れで、ジュスタンは書き物に没頭している最中だった……

――メルランさん！

――ヴァヴァンさん、何ですか？

――お手紙ですわ、ムッシュー……

手紙？　誰がここに手紙を書くことができるのだろうか、誰も彼の住所を知らないはずだ。仕事関係の彼のマネージャー以外は。厄介事……

ヴァヴァン夫人が手紙を持って入って来る。

――差出人への返送の手紙です、メルランさん。手紙は回り回って来たといえますね！　封筒の住所を、ほら、見てください！　受取人が最後の住所を知らせないでどこかへ行ってしまったようですわ……郵便局員は世界の隅々で、自分たちの仕事をしっかりとやっているのですね！　お渡ししましょうか？　郵便配達員は手紙をここへ持って来ました、差出人の住所がここなので……私が、オートヴィル夫人はもうこの家に住んでいないといくら言っても、配達員は、郵便局では彼女がどこにいるのかわからない。それでこの手紙は配達不能の郵便物になるだろうと言うんです……それで私が引き取ったんです……ところで、何か召し上がりませんかメルランさん？

何も食べていらっしゃらないように見えますけど……体をこわしますよ！　あなたはわかっていらっしゃいます。そうです、裏の畑で起きたことのせいです……私だってまだ動顚していますもの……それでも食事はとらなければいけません！

——腹は空いていないんだ、ヴァヴァンさん。パンをひと切れ食べたから……では、明日、ヴァヴァンさん、私はちょっと疲れましたのでね……

ジュスタンは彼女をそっとドアの方へ押しやり、手渡された手紙に目を注いだままドアを閉めた。その封筒は横線で消され、書き直され、また消された住所で覆われていた……まだ読み取れるのは真ん中の受取人の名前Ｊ＝Ｌ・オートヴィル、ピエルス、Ｓ＝et＝Ｏ県。ブランシュ・オートヴィル様。そして封筒の裏側には差出人ブランシュは……消印には一九五七年とあった……その他は判読できない……いずれにせよ手紙は一年以上のあいだ、さまよっていたということになる！　大きくて軽やかなイギリス風書体、淡い青色のインク、あるいは時間が経って褪せた青色のインク。ジュスタンは相変わらずドアのところに立ったまま無意識に鍵を掛けた……彼は最後の、そして最も重大な無節操を犯そうとしていた。細いペーパーナイフ、よく切れる金属のブランシュのペーパーナイフで、封筒をとても慎重に切り裂いた。ジュスタンはそこから数枚の手紙を取り出す。タイプライター用の紙……同じ淡い青色のインク、大きくて軽やかな、とても読みやすい書体……彼はブランシュが夫に書いた手紙を読もうとしていた。悲しい知らせをもたらすかもしれない電報を開くように、不安にかきたてられて……

ピエルス、一九五七年　三月十五日

貴方、

これは鉄道事故のようなものです。わたしはその列車に乗り合わせたということです。今、想像してみてください。坑内に埋められて救出も期待できない炭鉱夫を。そして、このわたし。わたしは屋外にいて、空も、太陽もあり、生命があって、周りには人々がいます。わたしは狭心症の苦しさを知っています。しかしそれは魂の苦しみと比べられるものなのでしょうか。

そう、全員逮捕されたのです。警察では、映画では見せられないような状態でした。わたしはとても早く釈放され、警察官たちは不手際にもわたしを捕まえたことに当惑していました。ひとりの若者が、自分が捕まったことを知らせるために、自分の家に寄ってくれとわたしに頼みました。わたしはその後、彼に会いました。それからわたしはシャンゼリゼに戻りました。今回はわたしがそれを望んだからです。あっという間にわたしは渦の中に巻き込まれ、前に投げ出され、警官の制服のラシャ地が目の前にありました。布地の粗い目までわかるほどで、それはわたしの顔を引っ掻き、一本の手がわたしを押し戻し、頬の上で指を広げ、もう一本の手で叩きました。彼らは、ぐったりしたわたしを石畳の上に置き去りにしました。

それ以来、わたしはずっとラシャ地の制服に抵抗しています。あたり前の事実の発見です。どうやって子どもをつくるかとか、地球は丸いといったことのように。

奇妙なことです。彼らは顔を持っているはずです。わたしは通りで彼らを見分けようとします。しかし彼らは、その額に目印をつけていません。マーロン・ブランドのようにハンサムかもしれません。彼らは食事し、体を洗い、劇場に行き、切手を買います……保養地で水浴中に溺れた女の子を救った人も確かにいます。彼らも保養地に行きます。十字軍参加、異端審問、火刑と地下牢、八つ裂きにされた者、目に焼きごてを押されたた者……現代の電化された台所では、どうやって焼きごてを目に押せるのでしょうか？　私たちがブリュージュの美術館で一緒に見た『背徳裁判官の刑罰』を？　その裁判官はテーブルの上に横たわり、彼をとり囲んで熱心に、専門家たちは彼の生皮を剝いでいる最中です。牛でさえ殺してから皮を剝ぐというのに。彼はすでに一本の足の皮を剝がれ、皮膚が靴下のように垂れ下がっていて……この犯罪者の顔は苦痛によって神聖なものになっています。彼を裁く者たちは落ち着き払って情け容赦もありません。彼らは彼らの責任を果たしています。貴方はこの素晴らしい絵を覚えているでしょう？　わたしは、わたしは決して忘れたことはありません……裸と無力さ、そして死ぬ選択さえない屈辱。貴方は覚えていますか、絵の中の捕えられた裁判官の顔と、拷問にかけられる裁判官の顔の違いを？　悪人と聖人……それは十五世紀の絵でした。わたしは、世界のあらゆるところからその経験を語り合うためにやって来る現代の拷問者たちの会議を想像します。各座席にはレシーバーがあり、数ヵ国語の同時通訳者がいるでしょう。新聞記者たちと、カメラマンたちが。

わたしはなぜ会議の参加者たちの顔を想像できないのでしょうか？　それぞれが顔を持ち、頭巾を被ったりしていないにもかかわらず。ユダヤの黄色い星もありません。わたしのところの女管理人が、ある日わたしに一匹の仔猫を持って来ました。彼女はその猫を隣家の一階にある管理人室の窓枠から捕えて来たものでした。隣家の管理人が自分の猫を殴っていたからです。その猫はひどい仕打ちによって後ろ半身が麻痺していました。両手の中で柔らかでふわふわしていました。わたしは猫をクッションの上に置き、ミルクを持っていきました。猫はクッションの上にいるのを嫌がって、寄せ木貼りの床、硬いところに身を置きました。わたしはいらいらし、動悸が烈しくなって、猫に痛い目をさせないように、首を絞めたり、床や壁に叩きつけたりしないように努力しなければなりませんでした……猫は私の手の中でそれほど弱々しく無力で、意固地で、私はその骨格を感じ、猫をどんなふうにもすることができました。わたしは大きくて立派な猫に育てましたが、そのオス猫はアパルトマンで糞をして、それでも横柄にわたしを見ていたので、その猫とは別れねばならなくなりました。これはたとえではありません。わたしは貴方に、わたしの手の中で猫がとてもおとなしく、絹みたいに弱いのを感じながらも、いじめたくなるという奇妙な欲望の話をしているのです。

命を危険に晒す人がいます。こうした勇気を行使するということはたやすいことですが、それをする理由が私にはわかりません。自分の好みでそのゲームを選んだ人は、その機会を得て幸せのはずです。市民生活の中ではギャングや戦争や周辺の小さな紛争における英雄のことです。彼ら自身、獣のように振舞うよりも、自分自身を酷使できることを誇りにして、いかなる肉体的苦痛をも超えた人間的意志を行使することに高揚するのです。彼らは闘う相手には憎しみを持たないと言います……それではなぜ？　なぜ彼らは死罪にならないのか、なぜ彼らは、死罪にならないために、いかなる肉体的、精神的苦しみにも立ち向かおうとするのでしょうか？　ドロ＝パンデールは言います。「倦怠、冒険好き……彼らは縛り首になるために月に行けばいいのだ！」貴方は彼らに、誰のために、何のために犠牲になるのか、尋ねようとしたことがありますか？　私は試みました……彼らはそれに答えられませんでした……それはフランスでも、ひとつの理念でも、存在でもありません。わたしが貴方に言いたいのは、彼らが自分たちの力を何に使ったらよいのかわからないということです。才能はあるのに何も言いたいことがない作家のようなものです。気高い心を持った悪党？　貴方は信じますか？　残忍さと非人間的、超人間的な中で、人間としての感覚を失わずに生きることが可能であること、ひとりの人間が人間的限界の中で耐えることができることを？　彼らはこの感覚を失い、方向を失っています。私は彼らにおいてただひとつの信仰にしか出会っていません。仲間意識です。血で封印された。人間的感覚という、あまりにかけがえのないものを代償にするということです。彼らは洞窟や山頂、星間空間を探検しに行けばいいのです！　彼らにこの生肉を与えなさい！　彼らを餓鬼として扱いなさい、それでないと彼らは獣じみたことを始めますから。

そうでしょう、貴方、わたしは、過度な肉体の健康は心の病気を生みだし、肉体的に立派な男女が私には即、疑わしいものなのだと思い始めています。反ユダヤ主義者にとってユダヤ人タイプがそうであるように。健全な肉体に健全な魂が宿るということは真実ではありません……私たちは楽園にいるのではない、無垢ではありません。完全な肉体やあらゆる器官の本来の機能は、獣性に向かうのです。肉体的欠陥の恨みを晴らそうとするチビの残忍さと裏切り、陰謀だとわたしに反論しないでください……チビの人間は肉体的に過度に優れた人の犠牲者でもあるのです。

親しい最高の友がわたしに、いまだ訪れる人のないルナ＝パークの旅を約束してくれました。わたしはすでに、半ば天体と無限という現実の中に生きていて、このとおり苦境に陥っています。最も悪いことは、私たちすべてがそうである哀れな人間、腰抜け、恥知らずの役立たずとして、それがどんなに不快であってもそこにとどまっているということです。しかし私たちが蒼空の中に雷光を探しに行くときには、おそらくそのときには、神の思召しで天が頭上に落ちてくるでしょう。そうでなければ、宇宙空間の深みから、私たちとは違う思索する素晴らしい存在がやって来て、私たちに出遭い、彼らの側から蒼空の中にトンネルを穿ち、生き方や幸せになる方法を私たちに教えてくれるでしょう。

要するに……わたしは出発しようとしています。まだ高いところにはおりません。私は石油に興味があります。パリの周辺でも石油が探し求められ、石油会社の白い小さな杭を森の中や、道路に沿ったところに見ました。わたしは、世界をいらいらさせる男たちによって動かされているモーターが回るのがもっともよく見られるところに行くつもりです。わたしは飛行機を一機もらいました。ある民間会社で、わたしの要求額はささやかなものでしたが、わたしの意に反する決定をしました……わたしの実績は相当なものです、そうでしょう、わたしは『忍耐オリンピック』の実験をするのです。そしてわたしはもう、うんざりしています。そのくらいわたしは、それが何のことであるかがもうわかっていて、またそのくらいその要素は単純なのです。まるでわたしたちが石器時代にいるように、飛行それ自体がまだ魔女たちの想像でしかないように。飛ぶ人と、機械を創造する人は同じではありません。

わたしは、人々の無関心の中で海か砂漠に墜落して消えてしまう哀れで小さなイカロスなのかもしれません……釣り人は釣りを、農民は耕すことを続け、羊飼は空を眺め、羊たちは漂流しているものに背を向けるでしょう。仕方なくわたしは試みるのです。わたしはテストパイロットなのです。

貴方、彼方への旅をすることで貴方を見棄てても、どうかわたしを恨まないでください。わたしはどうあっても彼らの顔を見なければなりません。彼らの額に印があるのか、街なかで彼らをそれと認めることができるのかを見なければ。戦争があるところ、そこに彼らはいるのです。戦争が行われるところには常に人間の傷つけられた苦しみがあります。血は血を呼び最強の者が勝利します。私は砂漠がリビアとチュニジアの国境にまで迫っている地域にいるでしょう……遊牧民が行き来する砂漠では、戦争で打撃を受けた種族が国境のない砂の中にいるのです。そこから私は行けるところまで行きます。わたしには知る必要があるのです……そうでないと、わたしにはあまりにも恐ろしいのです。あまりの恐ろしさ、ひどい恐ろしさ。

病んだ心で貴方を抱き締めます——そして貴方、よくおわかりでしょう。愛しい貴方、わたしが生きている限り貴方に歌うことをお願いするだろうことを。

ブランシュ

その紙はジュスタンの手の中で震えていた。

この手紙は受取人の許へは届かなかった……どこにいたのだろうか、ブランシュの夫は？　ブランシュの夫は誰だったのか？　どんな種類の男？　彼の職業は何で、彼は何をしていたのだろうか？　わたしが生きている限り貴方に歌うことをお願いするだろう……これは何を意味するのか？　それはまるで彼、ジュスタンが、ある男が心神喪失の小夜啼鳥《ナイチンゲール》の女王にしたあのトリルビーと共に生きていることをブランシュが知っていたかのようだ……それはまるで、今後、男たちを、いや、歌の上手なひとりの男を惹きつけるのは自分であると、彼、ジュスタンに彼女が言っているかのようだ。しかしただそのためには、彼女が存在することが必要で、それ以外の何ものでもなかった！　彼女はスヴェンガリーのような人物ではなくて、彼女の力は全然不可思議なものではなかった……小夜啼鳥が最高の目の眩むような顫音《トリル》を投げかけるのは彼女を誘うためだった。そしてこのイカロスの暗示！　彼もまたイカロスを、現代ではイカロスが女であるとは考えていなかったのではないか？　そしてまさにブランシュはブリューゲルの描いた『イカロスの墜落』、ジュスタンが特別好きな一枚であるその絵のことを書いていたのだ！　彼は想像した、イカロスの小さな脚、水の中から空に向けて出ている、それは絵の中では辛うじて目につくほどで、ただ脚があるとしか見えなくて、男が自殺しているというようなことには無関心な世の中というものを想像した。そしてもしもブランシュが飛行機かパラシュートと共に、戦争のただ中にある広大な砂漠の中に落ちたとしたら？　どんな死が彼女を待ち受けていただろう？　「私たちが蒼空の中に雷光を探しに行くとき」……さらに言えば、彼女の生きる理由と、広大さ、無限とのあいだの不均衡というもの……しかし今、彼が立ち向かうべきものはブランシュの恐怖の巨大さ、形而上学抜きの現実のすさまじい恐怖のはずだ。それなのに自分はトリルビーにかまけているのだ！　ブランシュは絶え間なく彼を打ちのめす。彼女の恐怖は理にかなっており、まさしくすべての生きとし生けるものによって感じ表明されるべきものだった。ジュスタンは突然、すべての思考、すべての目標、仕事に対する情熱が失くなるのを感じた。彼は無気力な人間、つまらない世間というものを不快とは思わずに皆と同じようにその中で生きている駄目な人間にすぎなかった。彼はのろのろと立ち上がり、封筒に戻した手紙を丁寧にブランシュの書斎机に置き、彼女はこの手紙を同じこの場所で書いたであろうことを思い、外に出た……それからすぐに戻って来た。台なしにされ荒らされた庭の眺めは彼には耐え難かった。彼は何をしたらよいのか、どうなるのかがわからなかった。寝室のカーテンを閉めて眠ろうとすること？　まず入浴しそして眠ること。彼はバスルームに行き、浴槽に湯を入れ、内側から鍵を掛けて自分で驚いた……家の中には誰もいないのだから馬鹿げたことだ。そしてそれを確かめるために彼はその鍵を再び掛け直したり、ドアを大きく開けたりした。

入浴することで彼はすっかり気分がよくなった。そしてベッドに横になると夜までひと眠りした。目覚めると、彼はガウンを着てテラスに出た。靄のフランネルに包まれた夜は大変心地よかったので、ジュスタンは靴を履き庭に降りた。どんよりした天候、粘っこい暖かい靄……ジュスタンは用心深く庭を一周した、庭のあの穴で転ばないことが大事だった。石油があるんだって、ここに！　おかしなことだ。よろしい、穴は埋められ、すべて元の状態に戻るだろう。春には草がどんどん生えて、彼は他の花を植えるだろう、バガテルで賞（ブーローニュの森内にあるバガテル庭園のバラ園で毎年新品種国際コンクールが行われる）を獲ったあの新種のバラ、「マルティーヌ＝ドネル」というバラを……そのバラは現代のバラの形と古代のバラの類まれな香りをあわせ持っているらしい。深いえんじ色のバラ。ジュスタンは鉄柵に近づいた。彼が農民たちと長靴の元気な男たちの対決の場面を目で追ったのはここだった。靄は畑の低いところ一面に降り、小さな白い杭を包み込んでいた……ジュスタンはよく見ようとして鉄柵にしがみついた。とんでもない、疑いの余地はなかった。石油会社の小さな標識は確かにそこにあった。畑を縦横に走って……農民たちが全員帰って食卓についているあいだに埋められたに違いなかった。見張りを置くことなど誰も考えなかったのだ。

　何の効果もなかったのだ。怒りも鋤も。のろのろとジュスタン・メルランは家の中に入った……もし彼が服を着ていたら車に乗ってどこかへ行ってしまっただろう、たとえばパリに戻るとか。服を着なければならなかったし、鉄扉を開けて車を出さねばならなかった。鉄扉をまた閉める。それからまた車に乗り込むなんて。ああ、彼は寝に行った。「国家の利益」というこの物語……もしブランシュの庭の中や、農民たちが種を蒔いた畑の下に石油が発見されれば、ブランシュ、農民たち、そしてジュスタン自身の生活は向上するだろうか？　「無名の人々」の生活は向上するのだろう。ブランシュは急いで神の怒りを連れ帰ることが必要だった。無味乾燥で見事だ。悪党たちめ！　私有地などという概念は「無名の人々」の前では何物でもなく、明日は誰かがノックもしないであなたの寝室にやって来て、あなたのベッドで寝るだろう……そう、そのとおり！　私有地！　彼らはおかまいなしだ、石油のために石塀をよじ登るなんて。ブランシュのベッドにも寝るだろう……彼女は額に印がついているはずの男たちを見分けるためにどこまで行ったのか？　この美しいバラの木の垣根、短いカーテンの小さな窓、奥の壁、壁龕《へきがん》の化粧台に輝く緑とばら色の乳白色ガラスのランプ……ブランシュは行ってしまった。彼女のベッドには、彼女の代わりに生気のない太った男がいて眠気が催すのを待ちわびていた。

ジュスタンは起き上がると浴室へ睡眠薬を探しに行く……見つからない。この家ときたら！　ラジオさえなかった！　毎晩眠るなんて馬鹿げた考えだし、一体、彼は夜のあいだ何をしようというのか？　石油会社の悪党どもと、ブランシュの手紙のはざまで、頭の中であれこれ考えて、彼はどうなってしまうのだろう？　トリルビー？　一揆を起こす農民？　これらの名前はその威力を失っていて、口にしてもどんな興奮も覚えなかった……腹が空いていたのか？　ジュスタンは再びガウンをはおる……昼夜通して大きなチーズサンドイッチしか食べていなかった。

彼は書斎、小さなホール、食堂を通り抜ける……その上の寝室はどれも空いていて無用だ……そう、彼はそれらの部屋を全然使ったことはなくて、部屋のことを考えるのが不愉快だった。台所で残りのチーズを平らげたが、ヴァヴァン夫人のスープを温め直すほどの気力はなかった。相変わらず眠くならない。眠りにこだわるのはまったく無益なことだった。

書斎でブランシュの手紙が、いろいろな文字で縦横に覆われた封筒と一緒に書斎机の真ん中にあった。それをジュスタンはどうしようとしていたのか？　ともかくその手紙を開けてしまったからには、彼女に返しようがなかった。ブランシュはパリのケ・オ・フルール通りにいるのだろうか？　ジュスタンに家を売った不動産会社を通して彼女を探し出すことは難しくないはずだ。彼は彼女に転送すべき手紙を持っていて「オートヴィル夫人の住所を知りたいのですが、彼女に転送する手紙がたまにあるので。おわかりでしょう」ということだ……彼女がどこか地の果て、あるいは空の彼方にいる限り……この夫……彼女が自分の旅のことを伝えているのは夫だった……しかし、夫だけではないのかもしれない？　すべての手紙が、受取人が見つからずに戻ってきたわけではないのだから。彼はひと晩中何をしようというのか？　不眠の苦しみから身を守るために何をしたらいいのか？　ジュスタンは赤い肘掛椅子に座った。どの本に対しても嫌悪感を催してしまう……彼は立ち上がった。書斎机の前に腰をおろしに行く。手紙の入った紙屑籠をまた手にして、机の上にひっくり返した……迷信家のように、彼は目を閉じ、たくさんの手紙の包みとばらばらの手紙の中から一通を引っぱり出した。まるで女占い師のカードのように。モンテカルロのカジノ用テーブルのカードのように。それが彼の運命を告げ、勝負を決めるはずだ……

奥様、あなたに手紙を書くことをお許しください。お話をする必要があるのです。ブランシュ。とにかく聴いてくださいますか？　なぜいつも他の人、他の人ばかりで、私は……絶対に私では駄目なのでしょうか……

今となっては、とても長い時間、年月が経ちました、私たち二人が……しかしこんなに年月が経っても、そのことに対する同じ暗示であることを許してくださいますか？　あなたはそれを打ち消してしまったかもしれないし、あなたにとってはもはや、存在しないかもしれない。つまり、朝になってあなたは、あなたの美しい顔からそれらを洗い流してしまった、それだけのことです。私は長いあいだ、何年も、と言っているのです。そして私は、こうした時と私とのあいだで唯一の人生に見えるものが、じつは私に見えるようには見えないだろうということに気づいています。あなたは若い。ブランシュ、男たちや鏡を眺めるあなたのやり方にもかかわらず。

私がおまえを私の腕に抱いたあの最後の時からの長い人生。無関心で、機械的な、普通の生活。私は朝起き、出かけ、戻り、洗面をすませ、服を着替え、時間のある時は髭を剃る。私は、私たちが時間を共有していた頃から朝ではなく夜に髭を剃るようにというおまえの好みを守ってきた。ブランシュ、おまえのために。私は出かける。私は新聞を、全部の新聞を買う。覚えているかい？　私は全部の新聞を読み、そのことがおまえを苛立たせたことを。私は事務所に着きそれを読む。相変わらず同じデスク、私たちが引越しても。おまえが選んだ私の仕事のうえで役に立つ家具類、客が「なんと趣味のよい男だろう」と思うような家具類。私は職を変えず、相変わらず同じ仕事をしている。あまり多くはないが、同じ友達を持っている。結局……年を取ってそのうちの幾人かを失った。髪の毛のように白くなったり、抜け落ちたものもあるが友達の数を気にしたりしない。私には以前とは別の女秘書がいる。この人は入口でおまえを待たせるようなことをする人ではない。もしおまえが来たら……せっかくおまえに手紙を書くというのに、そうおまえに言わなければならないというのは、あまり面白いことではないね？

わかるだろう、いつでも同じことだ。長いあいだお互いに会ってない人がいる。その人たちは夢見ていた……つまり、少なくとも二人のうちのひとりは……こうした出会いを、彼らは前もってそれを何度も体験し、互いに言葉で想像し、互いに沈黙のうちに想像する。それから！　人はそこにいて、あれこれ話す。別れる。あとは次の機会にしましょう。では明日。それが十年後、二十年後、ということだ。二十年後も十年後も同じこと……

人は常に翌日死ぬ人のように自分を見なければならないのだろう。人が自分の前に、自分を殺そうとする人がいると信ずるのはこういうときだ。私は何を言っていたのだろうか？　ひどいおしゃべり。おまえは背後の私の心臓の鼓動が聞こえないのか？　何が起きているのかよくわかっている。これはいつものこと……言葉は私を捉え、少なくとも私は言葉に捉えられるにまかせ、捉えられたような振りをする。なぜならあまりに長いあいだ、私は言いたいこと、言おうとすること、言うまいとすることを黙らせてきた。ああ、私は再びおまえの前で心のヴェールを脱ぐことができるだろうか？

そう、言葉によって捉えようとしても、機械的に口にされ関連づけられる言葉に出会うのがあまりに幸せであっても、結局は言おうとすることから逸れてしまうのだ……私は以前書いた。いつものように……省略符のついた……わかるかい？　そこで私はトリスタン・ツァラ（詩人。ダダイズムの創始者。一八九六―一九六三）を引用しようとしていた。いつものように、私の仲間、薬品の小壜の上にくっついた地獄の門……人は自分にとっての古典を持っている。そうだろう？　それを引用するためだ。そして見てごらん、私はこの背徳に抵抗していた。それで四行先ではそれを話すことになってしまった。そうだろう？　おまえは私のことを覚えている？　いや、私はあまり変わっていない。多分、少し太った。それほどではない。自分に気を配る。それはおまえのことを思っているからだ。私は冷や汗をかきながら思う。もしおまえが私の腹を見たら？　このとおり。おまえは私の医者、体操の先生、私の鏡、私の恥と良心。その点については目新しいことは何もない。私はおまえに、あまり変わっていないと言っているのだ。

　それでもしかし、おまえが私に突然「いいえ、もういいわ、これで終り、もう私を疲れさせないで……」と、私に言った日に、何があったかをおまえ自身、自問したことはなかったのではないか？　いずれにせよ――時おり私たちはごくごく普通に会っていたし、よい友達のように話していたのだから――おまえはそれを私に絶対に尋ねなかった。おまえは私に話し、私を眺める。私はそこにいる。おまえは、おまえが話していて、眺めているのが死人だとはわからないのだ。いや、私は大袈裟なことを言っているのではない。なぜかおまえはいつも私が大袈裟だと言う。死人は大袈裟にはできないものだ。

すまない。もちろん、おまえは何も言わなかった。今でもこれが私の言葉の癖なのだ。私はそれをしないではおれない。私はおまえの言いたいことがわかる。私はおまえをあまり苛立たせたくないのだ。結局、今私にできるのはこれだけだ……いや、そんなふうに私を見ないでくれ、私に今できることはおまえを苛立たせることだけだ、などと言いたくない。そう、おまえはいつも私を意地悪そのものと言う。いや、すまない、また始まった。

ブランシュ……おまえがブランシュであるからには……私たちのあいだの唯一の親密さから、おまえをブランシュと呼ぶのだ。ある朝、日曜日の朝。私はおまえに手紙を書く。おまえはとても遠いところ、どこか月のようなところ、その月のようなもののひとつに、おまえは小さな足で行ってしまった。電話のある月、おまえは宇宙の境界線を越えて私に電話をかけるほど親切だった、おまえは私に話した、おまえは私に言った――「私よ……」おまえは私に、おまえがあの遠い地で何をしているかを語った。おまえの声は素晴らしくよく聞こえた。まるでおまえが部屋の中にいるように。おまえは私に言った――「それであなたは？」そして私はおまえに、昨日一日のことをこと細かに話した。まるで、それが重要なことであり、まるでおまえがその前後の時間をすべて知っているかのように。十一時に約束がとか、一日のうちに二つの約束のある煩わしさとか、夜遅く車で戻る煩わしさをおまえに話したが、雨氷は張ってないことを言い忘れた。それに「おまえを愛しているよ！」とも言わなかったそれさえも。電話では私は勇気を持つことができた。そうだろう？　ああ、それでも私はそれを書いてしまった！　一度ならず、怒らないでくれ。

物事をはっきり言うことは無作法であることに違いはない。いずれにせよ、おまえは私に平手打ちを喰らわせたりしないだろう。どのくらいのあいだ、私はおまえの愛人だったのか？　一週間、二時間、一生？　結局、私はおまえの愛人だった。おまえはそれを忘れただろうが、私は忘れてはいない。失礼、マダム。

おかしなことだが、私はそれが終わることはないと信じていたし、私が起き、着替え、事務所に行き、手紙を口述し、顧客を迎え入れる……それと同じようにずっと続くと信じていた……これらすべては見せかけで、おまえがひと息ついて、家の中をうろつき、ちょっとのあいだひとりになって爪の手入れをする（私はおまえのこんな姿を常に見ている。おまえは化粧台の前に座り、爪のマニキュアが乾く、今週はとても淡い色で、指を広げて空気に晒している、何にも触れないように……）、そんな時間を与えるためだった。というのもこの一時中断の後、私は戻り、おまえを私の腕に抱き、またいつものようにおまえをベッドに運ぶ……ああ、もう私はこのようなことは話せない。これは慎みからでなく、私に苦痛を与えるだけだからだ。そう、私は実際には泣いたりしない……この歳では！　しかし愚かにも私の目は涙で濡れ、眼鏡をはずさなければならなかった。少し曇ったからだ。とにかく過ぎたことだ。

おまえは、その後どうやって私がうまくやっていたのかということさえ考えなかったのだろうか？　なんだって、十分に醜いって、この言葉が？　このありふれた言葉、このまともな言葉が？　こんなふうに人は言うものだ、そうだろう？　目立たないために は皆が話すように話すべきだ。おまえが疑問に思わなかったということは、おまえは私がうまくやっていると単純に考えたということだ。おまえがそれを私に尋ねなかったということは。いや、愛しい人、私は全然うまくやってなどいなかった。

そんなふうに私を見つめないでくれ。おまえを見ていない男に電話するときの、その目で。なぜなら私はおまえを見ているから。月の中にさえ。どんな月の中でも。おまえは私から逃れられると思っているのか？　隠れられると？　そんなに遠くの月はないし、男の目は自分の前方をずっと見通せる……対象物は距離と共に次第に小さくなるだけ。そしておまえは、対象物……そう、いわゆる「愛玩物」のようなもの。

私は愛するという動詞を、烈しい怒り、腹立たしさをこめて発音することがある。聞こえるかい、おまえ、月の中で？　愛している！　私がそう言っているのが。これは人がよく使う動詞で、多くの人の唇を通り過ぎ、インクの壺を空にしてきた。高貴な育ちのよい方々の語彙に入り、ご婦人方に使われて上品な言葉となった。子どもの前でも顔を赤くすることなく口にすることができる。私は違う。聞こえるかい？　私は違う。私が愛していると言うとき、それは淫らなことであり、パレ＝ロワイヤルで売られている写真であり、女衒《ぜげん》が手の中に滑り込ませる類のものだ。愛する！　それを……だと言う人々がいても、私にはそのように思えない。聞いてくれ、ブランシュ、もしおまえが知りたいなら言うが、私は全然うまくやってなどいなかった。そう、おまえに言ったとおりだ。おまえはわかっているが、私は同じことを繰り返し言う男だ。それもまた、淫らなことだ。親衛隊の野暮な冗談だ。いや、単なる自慢話だ。ああ。私に少しばかり自慢させてくれ。私に残っているのはこれだけではないのか……

ここで手紙は破られている。ブランシュによって？　あるいは手紙の差出人？　まだ一枚付け加えられていた。同じ紙で、同じ手紙かもしれない。違う手紙の切れ端。いずれにせよあの筆跡だった。

……月は寒いだろうか？　死んだ天体に必要な靴をおまえは持っているのか？　せめて湯沸かしは持って行っただろうか？　月では湯が使えるのか？　お湯、それは人生の素晴らしいもののひとつ。おまえはそう言っていた。私は覚えている。おまえの言葉、おまえの愛しい言葉。湯はそこで、冷えた体を癒してくれる。痛みを和らげてくれる。おまえの可愛い小さな毀《こわ》れやすい足を、どこへ持って行くと想像したのか？　どこへ頭を置くのか？　せめて快適な寝室はあるのか？　月にはたくさんの寝室があるのだろうか？　私はおまえに花を贈りたいと思った。ボマンの店に行って私は言った。「月に椿を送れますか？」店の娘さんはよく聞きとれなかったので、私にこう言った。「もちろんですわ、お客様、花のお届けシステムをご利用になれば！　私どもはどこへでも花を送れます……でも私は、その月町に、椿があるかわかりません……もし椿がなかったら蘭をお届けしますわ、そのご婦人に……いかがでしょうか、ローズ色の蘭がございます。今はあらゆる方法で蘭を作っております……」客のあらゆる空想に応えることができて満足気な様子をおまえが見たなら……

月に花はあるのか？　椿はあるのだろうか？　ローズ色の椿は。あまり調子がよくないとき、ちょっとしたハーブティーを作れるものはあるだろうか？　ハッカは月ではいい味だろうか？　多分、シナの木しかないだろう……シナの木、それは十分月にふさわしい。私はおまえの月での写真が欲しい。おまえは私のアルバムに貼る写真のことを知っている……よくあるようなアルバム……おまえは斜めに切られたところに四つの角を差し込む、古い焼付けの写真では角がひとつ破れていたりする……あとになって誰かがそれを見つけるだろう。しっかりと貼っても、写真は閉じられたアルバムの闇の中でさえ古びてしまう。人は過去の筆跡を、私の見苦しい書体を少し苦労して読むだろう。「ブランシュ、月でシナの木のティーを飲んでいるところ……」ところでおまえは月でひとりではないね？　おまえは私に何も言わなかったが、そこには男がおまえと一緒にいるに違いない。少なくともおまえの旅行用ひざ掛け毛布を持つための、そして写真で、おまえの後ろに少し離れて敬意を表して、写真を撮られるのは自分ではないと心得ているひとりの男、つまりおまえの連れ……おそらくスポーツマンタイプの……その男は科学的に言えばすべての不可欠な体力テストを合格したような男。私が言いたいのは、彼は月でおまえの同伴者であり、おまえの毛布をその腕に持ち、ちょっと離れて敬意を表す権利を持つためということ、当然……

結局、なぜ月なのか？　火星と金星があるというのに……どちらがおまえの顔の色に合うのか？　火星あるいは金星？　というのも明らかにおまえはローマ、ブリュッセル、ロモランタンを軽視していたから……私はそのあいだ、地上で腐っている、地下で腐るまでは……私は客には礼儀正しい。私はマリー嬢にはきちんと接していようとしている。マリー嬢は私の秘書で、今朝は止まってばかりいるタイプライターに困らされてひどく苛立っている。私は自分のデスクの木肌を撫でている、私は撫でながら、もう一度冬の終りのその日を思い描いている。陰鬱な天気、ジャコブ通りか結局はその辺りの骨董屋で、おまえはテーブルの上に飾られていた置物、ウエッジウッドと小さなブロンズをすべて片づけさせて言った。「あなたにぴったりのデスクになると思うわ……美しい表面……」その日、おまえは骨董屋の前でも私を「あなた」と呼んだ。あたかも新婚夫婦のように。

月にも新婚夫婦はいるのだろうか？　そして骨董屋は？　英国風家具は？　格調のある美しい外観の英国風の家具、その磨かれて美しい木肌の、人がそれに自分の姿が映せるほどの……おまえのことを考えながら、おまえを愛撫するようにそこに平らに両手を置くと気持ちがよいのだ。マダム、許してほしい、もうしないから……

ここで数行が他のインクで、濃いブルーのインクで丁寧に消してあった。誰によって？　その男、あるいはブランシュかも……ブランシュが受け取ったのだから。署名もまた、意地悪く。署名の後にさらに不鮮明な線、手紙の追伸のようなものが読み取られた。

ああ、おまえのせいで私は『トリルビー』を再読してしまった、私にまたそれを読ませたのはひどい。私にとってはすべてが逆だ。私がもう歌わないのは、もう歌えないのは、私の妻がもはや歌えと命令することがないからだ……

ジュスタンはその手紙をまた封筒に納めた。彼は唇を噛み締めて呻《うめ》く。彼は嫉妬していた。彼が一度も経験したことのない愛への極度の嫉妬だった。乳白色ガラスのランプのつくる光の輪の中で、ジュスタン・メルラン、世界的に有名な映画界の大物監督は、頭をブランシュのデスクパッドにつけて興奮と疲れで泣いていた……

しっかり引かれていないカーテンの隙間から射し込んできた日の光を、手紙の上の彼の頬が感じ取る。体中がだるかった。何時だろうか？　七時半……ジュスタンはつづれ織の大きなカーテンを開けに行った。太陽がライオンのように部屋に飛び込んでくる。煌《きら》めくたてがみを揺り動かしながら部屋の中に、本の金色の背の上に、ジュスタンのよれよれの光輪の上に飛び込んできて、乳白色のランプの月の光を消した。黄金の時間！　ジュスタンはちょっとのあいだ、書斎机に散らばっている手紙を眺め、紙屑籠を取ってそれらを放り込む。紙屑籠を床に置き、大きなあくびをしながら伸びをした。暇つぶしはもうたくさん！　馬鹿げていて滑稽だ！

シャワーを浴び、ジュスタンはパンツ姿で体操をし、深呼吸をして体を屈めたり、起こしたりした……なんという悪夢のような夜だったことか！　今日は一日中散歩に出かけよう……バルビゾンをひと回り。それがいい……結局ジュスタンは、まだ『トリルビー』から十分に解放されていない。彼は突然その『トリルビー』の舞台となる場所に好奇心を覚えた。

フォンテーヌブローで彼が出会った連中は、一杯やって夕食をとろうと彼をイギリスホテルに連れて行った。遅くなってようやく帰宅する。それにしてもフォンテーヌブローは遠かった。連中はジュスタンをそれほど退屈させなかったし、彼はパリや、映画の最新のニュースを聞いて満足さえ覚えた……思えばかなり長いあいだ留守にしている——やがて二カ月、馬鹿な、こんなに速く時間が経つなんて！……そのとおり、しばらくのあいだ留守をしていれば、ちょっとのおしゃべりは楽しいものだ。

ブランシュの家は、長いこと待ち続けて眠りに陥ってしまった女のようにジュスタンには悲しげに見えた……忍従する女、非難もせずに、自分のエゴイズムをより深く感じさせるばかり。ヴァヴァン夫人によって完璧になされた掃除のせいで、この家は悲しい奇妙な雰囲気を与えられていた……そう、ヴァヴァン夫人は片づけるのにジュスタンのいないあいだを利用していた。しかし終日片づいていることが彼を悲しませ、結局すべてが散らかってしまう。椅子は壁ぎわに押しやられ、食堂のテーブルはワックスが塗られたばかり。いつも中央に飾られていた鉢はなかった……いまいましいヴァヴァン夫人は、庭が荒らされる前から残っていた最後の花まで、もう長いあいだ萎れていたという口実のもとに棄ててしまっていた。

書斎の中も同じことだった。すべてが少し動かされ、右へ左へと押しやられて本来の配置ではなかった……赤い肘掛椅子、乳白色ガラスのランプ、そして本までもが棚の奥の方に押し込まれていた……空拭きの布で至るところを拭きまくったに違いない。しかしヴァヴァン夫人がいくら家具や物を動かしても、家の空気を入れ換えても無駄だった。ブランシュは常にそこに、至るところに現前していた。彼女は液体の中の砂糖のようにそこに溶け込んでいた。彼女は見えなかったがそこにいる。彼女の趣味をすべての物に注いで。ジュスタンはそのことを認めざるを得なかった、というわけだ。

ジュスタンは書斎机の前に腰をおろした。彼は今日は十分はしゃいで、若気の過ちを犯していた……人は若者のことをそんなふうに話す、彼らは若気の過ちを犯しているのだと。彼は気晴らしをしたのだ。彼はバルビゾンを見たし、結構楽しい人たちと会った。そして今、彼は『トリルビー』に再び取り組もうという気持ちになっていた。確かに『トリルビー』で、『ジャクー（一揆を起こした農民）』ではない。十時を過ぎたところで、夜の時間は始まったばかり、夜は全部彼のものだった。ジュスタンは自分が元気に溢れていると感じていた。彼は意を決して自分のシナリオの真っただ中に飛び込んだ。

リトル・ビリーにはトリルビーだとわかった……この神々しいスヴェンガリー夫人はトリルビーだ！　そしていまや、彼は五年前に失くしていた感覚を取り戻し、麻酔の後のように苦痛の呻きと共に目覚めた――この完璧な存在、スヴェンガリー夫人が、周りが彼にはふさわしくないと判断して彼のもとから連れ去ったトリルビーなのだ！　再び取り戻された彼の愛の爆発が核分裂の力で湧き起こり、繊細できわめてまともな青年の苦しみと怒りが、処女の口から出る下品な言葉、聖なる教会を冒瀆する表現のように、不作法に爆発する必要があった……トリルビー！　彼女の足を洗うのにふさわしい者は誰もいない。彼女は、彼女が歌っているあいだ彼女の足の下で押さえられているあのクッションのような、偏見と科学的法則のうえに、非の打ちどころのないその足をのせているスヴェンガリー夫人なのだ！　一方にはトリルビーとリトル・ビリー、創造する力の純真な使者、他方には彼らを楽園から追い立てるスヴェンガリー、「いかれている蜘蛛のように嫌な奴」。しかしスヴェンガリーは、トリルビーを所有すること自体不自然であり、彼女は彼の天才が操作する無意識の道具にしかすぎないこと、彼女がリトル・ビリーを愛するのが自然であるということを知っている。スヴェンガリーは病気で、彼はオーケストラを指揮することができないのにボックス席に、舞台に向いて座らせられている。彼はそこからスヴェンガリー夫人を視線に捉える……ほら、あそこに彼がいる、黒い髭、死にそうなほど蒼白く、赤いカーテンとボックス席の金色に囲まれている……彼は観客を眺める。彼にはリトル・ビリーだとわかる……スヴェンガリー夫人は金色の古代風のチュニックに身を包み、頭には星の小さな冠をつけて舞台に現われ……彼女の足の下にクッションがさっと入れられる……スヴェンガリーは、どのようにリトル・ビリーがトリルビーを見つめているかをボックス席から見ると、その顔にはただならぬ嫌悪の表情が現われ、獣のように歯を剝き出し、そして彼は死ぬ！　彼は復讐するかのように死ぬ！　彼は自分の道具のスヴェンガリー夫人を残して死ぬ。そして舞台にはもうトリルビーしかいない！　善良な女、単純な女トリルビー！　彼女は歌うことができず、自分がどこにいるかさえわからなかった……「歌ってください、マダム。とにかく歌って！」オーケストラの指揮者が懇願する……そしてトリルビーは昔、アトリエにいたときのように古いシャンソンを歌い始める、奇妙に狂って……とてもひどい！……劇場は、トリルビーが舞台の袖に連れて行かれるあいだ、嘲笑と愚弄でざわめく。ボックス席の赤いカーテンの中で、スヴェンガリー、身動きしない死体の復讐者は微笑む……

時代の流れに逆らった映画かもしれない。古ぼけたオパール色の。ただ愛の中にだけ全力を注ぐというような。人が愛で肉体的に死ぬ時代だったのだ。愛は法則や規則から生命を引き出し、その力は学問や長年の社会的習慣に抗して混乱を生じさせていた。映画では超自然的なことを弁解したり説明したりすることは無用だろう。一見ささやかで、慎ましい人生、尻軽女、管理人、アトリエの芸術家と茶番劇、優しい躾のよい青年、彼は無邪気さと慎ましさを持った天才だ……しかしこの愛が邪魔されるなんて。それは地上の大異変、大洪水、大火災だ！……そしてトリルビーは？　幻聴に捉われる下町娘。ああ神様、この映画を制作してどれほどジュスタンは大成功の喜びで死にたかっただろう！　あの映画『鳥』は？　一体誰が「超自然の」力を世界に示そうというのか？　予言的な映画、それがあの映画『鳥』だろう……ほとんど表現されかかったこれらの予感を現実が追い越してゆくとは、彼の臆病さのゆえとはいえ、なんと愚かだったのか。なんらかの条件においては、我々が保持しているエネルギーを引き出すことができ、それによってなんらかの現象が……。一方、ドロ＝パンデールはその手紙の中で同じことを、ほとんど同じようなことを述べている。今にわかる、今にわかるのだ！

心神喪失の小夜啼鳥《ナイチンゲール》の王妃、善良で美しく、聖なるトリルビーはもはや歌えず、リトル・ビリーのアパルトマンで死にかけている。リトル・ビリーの母親に看護され、彼女の古い友人たちに囲まれて、訳のわからない衰弱で瀕死状態にある。ジュスタン・メルランを混乱させたのは、知らない人からトリルビーに届いたスヴェンガリーの奇妙な肖像画で……その肖像画はまるで生きているようで、ベッドで死にかかっていたトリルビーは、再びスヴェンガリーの威力の下に置かれ、静かに崇高なまでに彼女の白鳥の歌を歌う……なぜこの肖像画が？　いや、ジュスタン・メルランはトリルビーに歌わせるだろう。この駄作、この肖像画がなくてもその歌の才能をここで再び見出させるだろう……彼女は歌い、眠りに陥る、リトル・ビリーはひざまずき、彼女を呼ぶ。「トリルビー！　トリルビー！」しかし彼女は呟きの中で答える。スヴェンガリー……スヴェンガリー……スヴェンガリー。そして彼女は死ぬ。トリルビー、素晴らしい……間もなく彼女の後を追って墓に入るリトル・ビリーをどのように表現すべきか。彼女を二重に失った、というのも彼女の臨終の口から出た名前がスヴェンガリーであったから。リトル・ビリーの最後の絶望をどのように描写すべきか。彼女はスヴェンガリーの奴隷であってスヴェンガリーのものなのだ。リトル・ビリーは自殺する。彼はもはや絵を描くことはできず、半ば狂ってしまった……ここでは芸術が他のすべての感情に勝ったとも言え、スヴェンガリーの天才はこの世での彼の外観、彼の陰険な魂よりも強かった……すべてがスヴェンガリーには許されていた、彼が天賦の才を持っていたがゆえに。

芸術の超自然的な力。今にわかる。今にわかるのだ。もうすでに人は月に出発しようとしていて、世界は無限の空間の中のルナ＝パークでしかないのだから。惑星のパレードや、彗星の流れ、激突し合う星、目が眩むような、上がったり下がったりするジェットコースターのある……アトラクション！　宇宙の力の総量より強い、ただひとりの人間の引力、死の後も存在し続ける力、それが無を増殖する。

ジュスタン・メルランは、映画『トリルビー』の構成要素を頭の中に思い描いた、こぶしの中に百スー硬貨を握った子どものように、これがあれば何でもできる！　ブランシュの、彼女の家の雰囲気、彼女に宛てた手紙のお蔭であろう……手紙はどこにあったかな。あの手紙の束は？紙屑籠はもう書斎机の上にはなかった。

ジュスタンは紙屑籠を床に探した。書斎机の脇、足のあいだ、その周り……紙屑籠はどこに置いてあったのだろうか？　彼は飛び上がった……ヴァヴァン夫人が徹底的に掃除をしていた！彼は台所に走った、まだ間に合うかも！……小さなホール、食堂、暗闇の中で彼は家具にぶつかっていた……台所で彼は明りをつけた、レンジの横に、紙屑籠が……彼は同時に台所のぬくもりと、紙屑籠が空であることに気づいた。一番小さな紙の端切れさえもその中になかった。震える手でジュスタンはかまどの蓋を開けた、薪の白い灰、赤く燃えた木炭のかけら、残っていたのはそれだけで紙はもう燃え尽きていた……

——まさか！　ジュスタンは叫んだ。馬鹿な！　こんなはずはない！

ジュスタンは後ずさりして椅子に倒れ込んだ、彼の後頭部の光輪を立て、開けたかまどに目を釘づけにして。そこでは誕生日のケーキの上にあるような小さな炎が再び燃え上がり、弱々しく戯れていた。

——馬鹿な！　こんなはずではなかった！　彼は低い声で繰り返した。

彼が摑んでいて、彼の手の中で生きていて、黄ばんでもいないし、過去のものでもないそのすべてが……消滅、決定的に消されてしまった。殺人、過失致死罪、流れ弾、それが何であれ、生命に関わる災難、すべての終わりだった。死体、死体の山……ブランシュ、彼女の人生、彼女の心の奥底、トリルビー、映画……すべてはこの火の中に消失した。小さな焔は集まって、もうすでにひとつの大きな舌になって自在に動き回り、まだ燃えるものはその中で焼き尽くされるのを急いでいるようだった。かまどの上にはまたもや洗濯釜があった。ヴァヴァン夫人は切り盛り上手で、誠実な女性であり、ジュスタンは彼女に台所では壁を乾かすために火を使うよう言っていたので、彼女はそれを実行して洗濯に利用したのだ。台所はぽかぽかと暖かで、かまどの火の舌はもう力がなく消えかかっていて、馬鹿げた洗濯釜の下の灰を弱々しく舐めていた。ジュスタンはまだ椅子に掛けたまま鐘の音を聞いていた。もう黒いかまどの中は何も見えなかった。彼は立ち上がり病人のように足を引きずり食堂を横切った……鐘の音、鐘の音、鐘の音……彼にはもう、頭と耳を満たしているものが、弔鐘なのか早鐘なのかサイレンなのかわからなかった……

窓が赤くなっているのに彼が気づいたのは小ホールの中だった……ジュスタンは庭に面した扉を開けた、赤く揺れ動く空の下、早鐘、サイレンが鳴り響いていた、ひどく大きな音！ 火事だ！ サイレンは、うなったり消えかかったりしていて、何かが割れる音と、鐘の音の合い間に鳴り響いていた……火事だ！ 石塀の別の側から道路に向かって、人が走り、叫んでいた。車やスクーターが走っていた……ジュスタンは開き戸の方へ走って行き道路に出た……

——工場が火事だ！……誰かが立ち止まることなく彼の質問に答えた。

車に飛び乗ると、ジュスタンは皆と同じ方向に車を走らせた。

プラスチック製品の工場、村の住民たちが働いているその工場は焔に包まれていた。工場は人々の暗い受難の輪に取り巻かれ、憲兵たちによって守られ、それは猛火、焔を吐き出す噴火口、不気味な花火だった。火事は重い血を梁に流していて、この建造物の構造と骨組みを、火の通り道から推理できそうだった……高いところで、途切れ途切れで、ぎざぎざの赤い焔の旗が揺れ動いていた……黒い小さなシルエットが、この大惨事の奥で動き回っていた……残りはすべて闇の中に沈み込み、空も畑もなかった。突然、建造物の真ん中が崩壊して、梁は無数の火の粉の中に崩れ落ち、あちこちの不動の、闇のような黒い人の姿を照らした……憲兵たちが群衆を押さえつけた……烈しいクラクションが別の消防士たちの到着を知らせた。彼らは周りの人も見ずに、言葉も出ない群衆のあいだを縫って、その後ろに広がったホースを引っぱっていた……

ジュスタン・メルランはこの光景が終わる前にその場を去った……彼はかなり遠い空地に停めておいた愛車、シトロエンに戻った。火災から遠ざかるにつれて夜空は明るくなっていく。俳優たちを照らして観客を闇に沈めるフットライトのように、火事は自然を闇に沈めていた。大火事のばら色の照り返しがあったが、ようやく星や月は空にそれぞれの場所を取り戻した。ジュスタンはシトロエンに乗り、エンジンをかけた……

道路はまだ、火事場に行こうと人々が詰めかけている……大火事は遥か遠くから見えたに違いなく、人があちらこちらからやって来ていた。ジュスタンはゆっくりと車を走らせた。人々は道路の幅いっぱいを占めていて、デモが行われる日のパリの道路のようだった。興奮した不安げな声が反響していた。しかしようやく静寂が戻り、ジュスタンはアクセルを踏んだ……手紙……古い手紙の小さな束は灰になり、火薬に火をつけてしまった。災害……村の不吉な騒ぎ。災害。手紙は復讐をしていた。スヴェンガリーの死にそうに蒼白い顔が、赤いビロードの焔の中に現われた……ブランシュのルナ＝パークの始まり！　彼の家の台所のかまどの中でつけられた小さな火によってもたらされた開始の合図の発砲。盛大な祝祭。ヴァヴァン夫人、悪意のない人が爆発の導火線の火をつけたのだ。工場は燃え始めた。ジュスタン・メルランは「死せる馬」のキャンプ場に向かって車を走らせていた。なぜ？　何をするために？　理由はない。何も。何も訳もなく……そう、しかし何かを探すために？　風は車の開けた窓から流れ込んでいた……樹々は車と同じ速力で突っ走り、みるみる過ぎ去ったのに森はなかなか終わらなかった……やっと車は森を抜けて、まるで追い詰められた獣のように走り、なんの光も物音もしないオーベルジュの前で軋んだ音を立てて直角に向きを変え、斜面を登り始める。狂ったようにコールタールの舗装の上に車輪のかすかな音を立ててカーブを曲がった。ジュスタン・メルランは魔の山を、禿山へと向かって上っていた……それに彼はひとりではなかった、彼の後を追って来る蹄の音が聞こえた、ゴウ、ゴウ、ゴッ！　ゴッ！　ゴウ、ゴウ、ゴッ！　ゴウ、ゴウ、ゴッ！　ゴッ！　ゴウ、ゴウ、ゴッ！　恨まれているのは彼なのか。約束の場所へ、あの高台へ向かうのは死せる馬なのだろうか？　死せる馬に乗った魔女たちだ！　「何だろう？　ジュスタンは考える。私はロルカ（ガルシア・ロルカ。スペインを代表する詩人、劇作家。内乱中に銃殺される。一八九八―一九三六）の部屋の中にいるのではない。ただ、死せる馬のキャンプ場に向かっているのだ、私はどこかへ行かなければならないのだから……」そして彼は、自分を追って来るギャロップの音を聞き続けていた。

車輪はもう一度最後の曲がり角を通り過ぎながら軋んだ――急行列車が踏切番の小屋を通り過ぎるように――小さな明りが光って消えた「木靴《サボ》の形の小屋」、一陣の風が台地を吹き抜け、ジュスタンは「バー」とある白い立方体の前で車をぴたりと停めた。彼の後ろですぐに蹄の音も止まった。ジュスタンは車から飛び降りる……

風は彼から、馬たちと上衣の裾を奪い、ズボンは彼の足の回りに螺旋状に巻きついた。彼は雲の高さにいて、霧の断片は年とった魔女の乱れた髪のように漂う。小さな女たちはそのたくさんのほつれ髪、もつれて輝きのない髪の中に身を隠し、その髪の先はテントの先端に引っ掛かっていて、月の光は射し入ることができなかった。それでもジュスタンは踏みしめるようにして、雲と霧の上のばら色の空の方へ進んで行った。プラスチック素材は焰を上げて燃え上がり、綺麗な明るいピンク色で空を染めていた！　上ばかり見ていたのでジュスタンはテントに張られていたロープに足を引っ掛け、ばったり倒れた。ロープはまるで罠のようだ……同時に遥か彼方から、ゴウ、ゴウ、ゴッ、ゴウ、ゴウ、ゴッ！　とギャロップの蹄の音が再び聞こえた……幻と幽霊の出現の夜、不可解なことの啓示も可能な夜……彼はテントの布の壁の迷路を歩き、その中で向きを変え、精神のパニック状態の中で思った。自分はこの困難な状態から抜け出すことは絶対にできないだろう！　絶対に！　そして再びゴウ、ゴウ、ゴッと、より近くで、もっとずっと近くで……。夢であったのか、あるいは行きずりに見たのか「木靴《サボ》の形の小屋」の小さな窓に光が？このような時刻には、どんな人間であっても彼がパニック状態から抜け出す助けになっただろう……彼は迷路の中で身をくねらせ、ぐるぐる回らなければならず、堂々巡りを続けていた。トイレの並んでいる眺めは、彼にある安らぎを与え、開かれた戸の群れは彼が来たことを喜んで拍手喝采し始めた……ジュスタンは走り、急いで道路に戻った。「木靴《サボ》の形の小屋」の方へ導く小道が彼の目の下に魔法のように存在していた。とんがった背の高い草木、棘が彼のズボンにしがみつく。そこに行くな、ジュスタン！　そこには行くな！　それでも彼は「木靴《サボ》の形の小屋」にやって来た……やはり、彼は間違っていなかった。微かな光が中で輝いていた。ジュスタンは窓までのろのろと進み、ガラスに額をくっつける。蠟燭の仄かな光、彼には、彼に背を向けているひとりの男が誰かわかった。男爵に違いない……おそらくそうだろう。彼の長い足には低すぎる椅子に腰掛け、その男は何かを書いていた。膝の上にテーブル代わりの小さな鞄を置いて……長いことジュスタンは書きものをしているその男を眺めた……ブランシュに、おそらく？　ブランシュではないなら一体誰に？　彼は窓ガラスを叩かなかった。静かに、とても静かに窓を離れた。男爵を驚かしたうえに立ち上がって視線を自分の方に向けさせてしまうことを恐れて……かつてはいっぱしの人間だった男の、うつろで間抜けな視線、声……ジュスタンは引き返す。この幽霊がブランシュに手紙を書くことができるという考えが、突然彼の怒りを噴出させる……ブランシュに手紙を書く。彼女に愛を語る！

それでは、他の男たちは？……どうでもいい地点に彼らは存在していた。ターミナルホテル、アメリカンバー、研究所、天文台、パリの大きな建物の奥、あるいは地球の反対側、彼らの事務所、それぞれがブランシュに手紙を書くことを思いつくことはあり得る……これらの幽霊の一団が、生身の、血も涙もあり生きて実在しているブランシュに手紙を書く……ジュスタンは車に戻った。そこは台地の一番高い場所で、風は大きな回転木馬を回していたが、スピードは次第に遅くなって、止まろうとしていた。風は息を切らしている……月は惨めなホテルの一室の電球に似ていて、空のばら色の照り返しは消えかかっていた……ルナ＝パークは閉鎖されようとしており、見世物はまさに終わろうとしていた。観客がいないゆえに。

ジュスタンは車に乗り向きを変えた……静かに月の下で輝く闇の通路を下った。ゴウ、ゴウ、ゴッ、ゴウ、ゴウ、ゴッ……ほら、また始まる。追跡して来る死せる馬たち！ ジュスタンはアクセルを踏み込み加速した……ギャロップも同じように加速した。シトロエンは突っ走って国道に戻り、速く行けば行くほど、ギャロップはよりはっきりと、より速く近づいてきて、ジュスタンは突風のようなものがシトロエンを追い越すのを見た……蹄の音は彼の前方で、遥か遠くで消えた。彼は非常に明るい場所に着いた……サクレイ、原子力研究所。

光に縁どられた白くて高い鉄格子に囲まれた広大な土地。ここはキャンプ場に似ていて、この大きな照明は安全性を求められているからだ……どんな生きものでも、どんなものでも鉄格子に近づこうものなら、この照明の中に容赦なく晒されてしまう……がらんとした空間に誰のためでもなく、点されている照明を見るのはいつものことながら奇妙だった。観客のいない劇場。ジュスタンはクリスト＝ド＝サクレイの交差点の赤信号で車を停め、引き返した。遠くから見ると、半円球のように並べてある原子力研究所の照明は、ニースの海岸線に点々とつけられた明りを思い出させた……そう、あちらは海だと思ってもいいのだ。コート・ダ・ジュールと、そのお祭り騒ぎ……どの方向からも車が来ないのに赤信号で待つということは馬鹿げている。もう遅くて夜も更けていた……どこへ行こうか、ジュスタンは自問した……パリに決まっている。彼はブランシュの家に、彼の身の回りのものすべてと共に『トリルビー』を置いてきた。戸は開けたまま、明りはつけたままで……彼の背後に一台のトラックが来て停まった。やっと青信号。ジュスタンは無人の幹線道路に車を走らせた。人影はない……多分、あちらの方に科学研究センター、勇敢で無名のトムのような人たちが、我々、他の者のために命をかけているのだ……ああ、ブランシュのルナ゠パークにはあらゆるものがあった、ちっぽけな研究員たちから世界的に著名な映画監督たちまで。

クラマールのロン゠ポワンで赤信号……誰もいない。彼に追いついたのが同じトラックだったら。ジュスタンがやっとのことで苛立ちを抑えたそのとき、突然、右手からトラックの長い列が現われて道路を横切った。最前列の車のドアから出ている運転手の肘を、ジュスタンは確かに見た……しかしそれに続く他の車には誰もいなかった！　それは無人で進んでいた！　ジュスタンはドアから顔を出した……彼にはまだ死せる馬たちのギャロップのほうがましだった！

――レーダーだよ……彼の脇に停めた長距離トラックの運転手の声が、運転席の高いところから聞こえた。レーダーが狂うことはないから、レーダーによって、トラックがカーブを早く曲がりすぎてぶつかるようなことはないんだ。わかっただろう！

トラックの列は厳密に車間距離を保って、真面目に走っていた。信号が再び青になってその列は遠ざかっていく……運転手は音を立ててクラッチを入れ、その移動冷蔵車の大きな白い側面に「食肉」とあったその車は、ジュスタンの車を追い越して行った。

明るく照らされた広い道路が取り巻く新しいパリは、冥府、光輪、大地、想像力の産物だ。樹々を成長させるよりも速い速度で家が建ち、地面の下から緑の葉を引っぱって伸ばす方法がまだ見出されていなかった。そのかわりにできあがった樹々を他の場所から運んで来ていた……ジュスタンは家のあいだからしか見ることのできないようなパリの高い場所にいた。巨大で謎めいたパリ。道路は街の中で狭まり、途切れていた。ジュスタンはパリに捉えられ、パリの空がかたちづくるこのドーム形の、チーズ容器の覆いの下に入った。そこでは、パリはグリュイエルチーズ、カマンベールチーズ、ロックフォールチーズのようだ……暖炉の上の時間の止まった振子時計に被せる覆い、花嫁の冠や、楽園の色とりどりの鳥たちの止まる一本の枝に被せる覆い、空のこれらすべての覆いの下にあるのがパリだ。

ジュスタンはパリの中を車で走っていた。彼は狂ったようにブランシュに恋い焦がれていた。

パリの道路は空いていた。モンパルナスのタクシーの列、クーポールのドームの明り……ジュスタンは自分の家に戻りたくなかった。アンヴァリッドの傍にある彼の私邸……ジュスタンは私邸に行くことにする。そう、彼は何かを見るだろう、一体何？　ああ、さあ……彼はゆっくり車を走らせていた、こんな時間にどこだったら車を停めてホットミルクを飲むことができるだろうかと思いつつ……レジャンスなら、コメディーフランセーズ広場の。なんと奇妙なもの、パリは……これらの家のすべて、数少ないタクシー、数人の通行人、パリでは、パリの生活では当たり前と言える。ここの人はこれが習慣だった。各人が死んだ後もそうなのだ。人は瞬時に入れ替わるから。

ジュスタンはレジャンスで車を停めた。もう誰もいなかった。ボーイはジュスタンを知っていたので、疲れていてもにこやかに熱いミルクを取りに行った。

——見てきます、メルランさん。彼は言った。

ジュスタンは散らかったホールの中で腰をおろした。ひとりきりだった。楽屋から出てくるようにレストランの仕事を終えた人々が通る。飾り気もなく疲れた様子で、料理人、皿洗い……パリは奇妙だ。パリは……新聞が長椅子の上に散らばっていた。ジュスタンは二カ月ほど新聞を読んでいなかった。彼は新聞をテーブルの上に広げた。最初の大きな見出しが目に入った。

十日前よりブランシュ・オートヴィル

消息不明。

それから小さな字で、

サハラ砂漠の上空で行方不明の女性パイロット、ブランシュ・オートヴィルの消息は依然としてわからない。十日前から我々の飛行機は、空を飛び回っているが、機体の痕跡は何ひとつない。そして今となっては、生きたブランシュ・オートヴィルを再び見出すことは、ほぼ絶望に近い。フランスの航空隊は喪の悲しみに沈んでいる。わが国のテストパイロットの中で、ブランシュ・オートヴィルは最も勇気ある、最も果敢なひとりだった……

不動産会社は鍵をヴァヴァン夫人に預けてあった。彼女はジュスタン・メルラン氏の家を見せる役を引き受けるのを望んでいただろうか？　しかしピエルスはへんぴな片田舎で、その家は鎧戸が閉められたままだった。家を見に来る人は誰もいなかった。

新しい工場が、丸焼けになった工場の跡地に建った。引火性なのだ、プラスチック素材は。同時にその傍らの労働者用共同住宅地に、まったく同じ赤い屋根の白い家が建った。噂では株式会社といっても実際の工場主であるヴネスク氏がこの地方に住もうとしていて、ピエルスの、この鎧戸の閉まった家に興味を持ったとのことだった。しかしこれは間違いに違いない、人はこんなふうに噂をするもので、ヴネスク氏向きの家ではなかったし、そのうえ彼はピエルスではないところに土地を買っていて、それは工場の別の側、そこにはすでに別荘を建て始めていた。それはもっとモダンで大きな開口部とたくさんのガラス窓があった。ヴネスク氏は結婚しており、妻は二人目の子供の出産を待っていて、この古いぼろ家に住もうとはしないだろう。きっと。

ジュスタン・メルランはそれでもピエルスに再び現われた……ヴァヴァン夫人の家では、彼女の食料品屋の奥の部屋、それは同時に彼女の台所であり食堂であったが、そこに彼女はクレジットで買ったテレビを備えつけていた。ある夜、小さなテレビの画面にメルラン氏が出ているのを見た、あまりに思いがけなかったので彼女は叫んだ。「まあ、彼だわ！……」ヴァヴァン夫人の妹がクリスマスの祭日のために、幼い娘とそこにいたが、彼女も同じように驚いた。なんとまあ明りもつけたまま、戸も開けたまま、所持品も残したままでいなくなってしまった向かいの家のご主人ではないの？　まあ、彼だわ、彼だわ、その人が一体どうして、黙って、ジャンヌ、ああ、彼はなんて言っているのかしら、言っていることが聞こえないわ！……

ジュスタン・メルランはもうひとりの男と一緒に、書棚を背景にテーブルの前に座って、静かにパイプを燻らせていた。白黒のテレビに映ったメルラン氏は、目の下に黒い隈があり、ふっくらとした白い頬は黒くくぼんでいて、大きく秀でた額はとても白く、彼の頭の後ろには光輪が……ヴァヴァン夫人はすっかり動転していた。まだテレビにも、思いがけない出来事にも慣れていなくて、ひと言も言わずに出て行ってしまったメルラン氏、その彼をこんなかたちで目にするとは。彼女が何度も目にした赤い肘掛椅子の中でパイプを燻らせていた、あのいつものポーズで、ああ！　そのことが彼女を動揺させた。メルラン氏は、彼がヴァヴァン夫人の家にいることに気づいていないように見えた。彼ら二人の話を見たり聞いたりする人がまるでいないかのように、もうひとりの男と話していた……

――ジュスタン・メルランさん。短い口髭を生やした小太りの男は話していた。まず、フランス国営放送局の名においてお礼を申し上げます。あなたの出発の前夜、この大きな踏査隊のご準備の最中に、インタビューをお受けくださったことに。あなたの最新作の映画、『人生は明日始まる』は、あなたのキャリアにおいても異例の成功でしたが、次のあなたの計画は何でしょうか、メルランさん？

ヴァヴァン夫人は、メルラン氏の声を聞いた――ああ！　彼の声だわ！　確かに！――そして灰皿の縁にパイプを打つ音を。こつこつと……

――私はアフリカの砂漠に映画を撮りに行きます……石油のパイオニアの驚異的な努力を表現するもので、そこからサハラ砂漠の奥深さが引き出されます。明日、私は、撮影隊と一緒に予備調査の旅に出発します。私のしたいことは……

しかし相手はそれをさえぎった。失礼な男だわ！

――それはドキュメンタリーではないようですね？

――そう、小説風実録映画です……しかしながらその映画は確かな参考資料を必要としています。私は砂漠と人間の本質に迫るつもりです。私が想像していたもの、ここ、ヨーロッパで学んだものは、真実であるにはあまりに幻想的すぎるかもしれません……遊牧民、移動する村、トゥアレグ族の美、彼らの領主が所有する領地の封建的巨大さ……現在の戦争と、客人を歓待する法、それによって捕虜、あるいは女の捕虜への敬意を表させることができるのです……私はひとりの女性を想像しています。ひとりのフランス女性、ひとりの若い女性、勇敢で無謀な、その女性は彼らの手中に捕えられたに違いない……たとえばブランシュ・オートヴィルのような女性……

――ブランシュ・オートヴィル？　あなたは何を考えていらっしゃるのですか、まったく？彼女はサハラ砂漠の上で飛行機と共に命を落としたのではないですか？　彼女が不時着して、FLN（アルジェリア民族解放戦線）に捕えられているとでもいうのですか？

ジュスタン・メルランは彼の肘掛椅子で微動だにせず言った。

――彼女は生きています。誰も飛行機の残骸を見た者はいない、彼女の遺体も彼女の遺骨も。もしも彼女が砂漠に落ちたとしたら、もしも彼女が砂漠の、月世界を思わせるような荒涼たる景色の中を果てしなく歩くことを余儀なくされたとしたら……金色と銀色の……満月を地上から見ると人の顔が影となって……しかし人がそこに到達したら、どんな存在となるのか！　この非人間的な広がりでは、人はその魂の力にだけゆだねられるのです！　ブランシュはその力を持っています。いまやイカロスは女性なのです。女性テストパイロットのブランシュ・オートヴィルは、心臓がおかしくなる前に、彼女の人生を発見と征服と闘いに捧げました……彼女は対立し合っている宗教信徒団のひとつ、マラブー信仰の秘密の宗派に捕えられているかもしれません……彼女はこれらの遊牧民の中で生きているかもしれません。中世の時代のただ中に。もし彼女がすでに脱走していたのでないとしたら、砂漠の砂の中を歩き始めていなかったとしたら、彼女がヨーロッパの戦闘する軍隊に出会っていなかったとしたら……彼女がすぐ近くで戦争を見て、極度の恐怖に達しなかったとしたら……そして魂の苦悩と共にどんな肉体的な苦痛があるのでしょうか！ ブランシュ・オートヴィル……

——あなたは個人的に彼女を知ってらしたのですか、メルランさん？

まあ、この男ときたらメルランさんが話すままにできないんだわ！ 男の話を止めるべきだわ！

——ええ、とても……まあ、そのように言ってよいかもしれません。しかし現実にではありません。そして私は彼女を探し出したいのです。その現実の女性を……

——しかしですね。その男はまた話し始めた。あなたの映画の中で一体どんなふうに？……現実においては私にはこう思われるのですが……

今度相手の話をさえぎったのはジュスタン・メルランのほうだった。

——映画の中で。と彼は言った。映画の中で……映画についてお話しましょう……

突然、テレビの画面にジュスタン・メルランの顔がクローズアップされ、いっぱいの照明を受けて少し細めた目のジュスタンの顔だけが画面に映った。彼はまっすぐにヴァヴァン夫人を見つめていた！ 目の周りの黒い隈は皺の寄った白い額の下で、頬にまで広がっていた……ヴァヴァン夫人は椅子を少し後ろへ引き、感動の涙をたたえた……

——私たちは生きたブランシュ・オートヴィルを見つけます。彼はヴァヴァン夫人に語っていた。そして火花がブツブツと彼の頬をつき刺した(近辺を通るトラックのため)。——彼女は、月への最初の旅に出発するロケットに乗る必要がありました。そのことは彼女の行方不明の際に発表された経歴の中に触れられています。メルラン氏は視線をそらした——地球、地球の引力がブランシュを引き留めたように見えます……事故、でしょうね……それからブランシュは長いこと、コンパスもなく徒歩で歩かねばならなかったのです。彼女が生きるためにしなければならなかったことを想像してください……彼女は飛行機には慣れており、最新技術のすべてを修得していました! しかし彼女は最後には水と人間を見つけるでしょう……彼女は戻って来るでしょう、星間空間ではぐずぐずしていないでしょう! これはまったくあり得ないことではないのです、そうでしょう?

クローズアップは消え、ヴァヴァン夫人はメルラン氏が、小太りのぼさぼさ髭の男の傍に、肘掛椅子に座っているのを再び見た。

——ところで、私はあなたが物事を真実らしくなさるということを疑っていません。メルランさん! それであなたは、この新しい映画のタイトルを決められましたか?

——ええ……『ルナ゠パーク』です……

——ああ!……ルナ゠パーク! それで、最後にもうひとつ質問が……誰にこのブランシュ・オートヴィルの役をさせるのですか?

ジュスタンの話す声が聞こえているあいだに、テレビの画面のパイプを持ったジュスタンの手、ぽってりと太った手がゆっくりと、静かにクローズアップされた。

——もちろん、ブランシュ・オートヴィルの役は、ブランシュ・オートヴィルによって演じられなければなりません……

ヴァヴァン夫人は大変驚いた、彼女と共に大勢の視聴者も……それではメルラン氏は、その婦人が生きていることを本当に信じているのか？　ジュスタンに対するインタヴュアーの驚きが画面に表われたのは、彼らが再び二人並んでいたからだ……

——あなたは素晴らしいです。メルランさん、素晴らしい！　ブランシュ・オートヴィルの役を演ずるブランシュ・オートヴィル！　ジュスタン・メルランさんがそのように決められたのなら私は疑いません、それが……

ジュスタン・メルランは初めて微笑した。

——私はそう決めました。私の登場人物たち、ヒーローたち……そして私のヒロインたちは……ブランシュ・オートヴィルがヒロインですから……私の物語の終わりまで消えてはいけないのです。そして私は、私の友人である観客たちをいつでも悲しませてはいけないのです。ブランシュ・オートヴィルは生きていて、この先も生きるでしょう。そして彼女は再び月へ行くでしょう……

テレビの映像は消え、ジュスタン・メルランはヴァヴァン夫人の奥の部屋から姿を消した。

ヴァヴァン夫人は電気をつけた。彼女はもう今夜はテレビを見たくなかった。メルラン氏の姿をそのままとどめておきたかったからだ……

——時流にかなっていると言ってもねえ。彼女は妹のジャンヌに言った、ともかく、私は感動したわ……

隣の寝室で寝ていた幼い娘が大声で泣き始めた。

——ママ！　起こして！　ママ！……

とても長く、とても烈しく泣き叫んでいたので、母親は子どもを連れに行った……その子はやっと二歳くらいで、目を覚ますと自分の家、自分のベッドではなかったので、神経が高ぶり、聞き分けのない状態になっていた……

——さあ、外へ連れて行きましょう……皿洗いはあとにしてね。ヴァヴァン夫人が言う。子供にたくさん着せましょう……もう雪は降ってないわ、帰る頃には外の冷たさがこの子を眠らせるわよ。

小さな女の子を母親が抱っこして、彼女たちは外に出た。ピエルスは雪に覆われて見違えるようになっており、白と黒がチカチカして、もう一度テレビの画面を見るようだった。外に出るとすぐにその子は泣きやんだ。彼女は涙で濡れた頰を母親の頰にくっつけて夜の闇を見ていた。その子はいままで、一度も畑の上に広がる夜の大きな空、星、そして黄色で大きな丸いものを見たことがなかった……

——あれはなあに？　そうしてその子は空を指差して言った。

——お月さまよ、おちびちゃん、お月さま……

――お月さまをちょうだい、ママ……

二人の女は声を立てて笑った。幼い子はまた泣き出した。とてもかすかで、とても痛々しく、どうにもならないような泣き声だった。彼女たちはどうやったらこの子に月や星、銀河をあげると約束をしてなだめられるか、わからなかった……

――泣くのはおやめ、おちびちゃん、泣かないでね。おまえが大きくなったときには、おまえはブランシュ奥様のように月に行けるだろうからね……

彼女たちはプラスチック製品の新しい工場の建設現場まで歩いて行った。それはこの春に火事で焼けた土地に建っていた。そこで彼女たちは引き返した。ようやく静かになってぐっすり眠った温かく心地よいその幼い娘を今度はヴァヴァン夫人が抱いていた。静止した、無人の、きらきら輝く世界の中の、フェルトのようなふわふわとした雪の静寂、誰もいない……この地域にはまるで人がいないようだ！　すでにブランシュ・オートヴィルの家は、庭の塀の後ろに隠れていて、雪の羽根布団に覆われたその屋根を見せていた。食料品屋の戸は二人の女たちと子どもが入って再び閉まった。巨大で、高みにある月は、ついにブランシュの家に向かい合ったところでとどまった。

庭の中の影はひとりの男の影だったかもしれない。じっと動かないその影は、家に向かって、その黒い窓を眺めていた。

パリ、一九五九年

訳者あとがき

本書『ルナ゠パーク』(Luna-Park 一九五九) はエルザ・トリオレ (Elsa Triolet) (一八九六―一九七〇) の長篇連作〈ナイロンの時代〉(L'âge de nylon) 第二作目にあたる。連作の第一作が『幻の薔薇』(Roses à crédit 一九五九) (河出書房新社)、第三作が『魂』(L'âme 一九六三) (未訳) であるが、その関連は緩やかで、あらかじめ第一作を読んでいなくても本書は十分に楽しめる。『幻の薔薇』はフランスでアモス・ギタイ監督により映画化され、二〇一〇年第十一回東京フィルメックス映画祭で特別招待作品として上映された。

『幻の薔薇』では、戦後フランス社会とパリ近郊の農村地帯の変貌を舞台に、主人公マルティーヌの生い立ちと、パリでの都会暮らし、バラ栽培に情熱を注ぐ夫ダニエルとの出会いと別れ、生活の破綻と悲劇的最期が描かれている。『ルナ゠パーク』は直接ストーリーがつながってはいないが、主人公ジュスタン・メルランが衝動買いする家はパリ近郊にあり、その村でプラスティック工場を経営し、ジュスタンの家に興味を示すジュネスクはマルティーヌの幼馴染セシルの夫と同じ名であるし、周辺の地理や雰囲気がマルティーヌのいなくなった村を思わせ、それとなく第一作とのつながりを感じさせるようになっている。ジュスタンが庭に植えようと考える新種のバラ「マルティーヌ・ドネル」は、第一作の主人公の夫が苦心の末に創り出し、名付けた品種である。

作者エルザ・トリオレはロシア人で、詩人ルイ・アラゴン（一八九七―一九八二）と結婚し、ゴンクール賞受賞作『最初のほころびは二百フランかかる』を始め多くの小説を書いている。第二次大戦中はアラゴンと共にレジスタンス運動に参加し、戦後は共に作品を発表して、晩年はパリ近郊の別荘で過ごした。第一作『幻の薔薇』の翻訳を出した後の二〇〇四年秋、私たちはフランスに行き、パリ近郊のサン・タルノ市にある「エルザ・アラゴン記念館」を訪れた。広い敷地に二人の眠る墓もあり、二人が共に暮らした別荘が現在は記念館になっている。エルザとアラゴン各々の書斎は一、二階に、膨大な書籍や記録の保存してある書庫は最上階にあった。エルザの書斎で、ベルナール・ヴァスール館長が作りつけの戸棚の扉を開けると、ポケット版のミステリーがぎっしり並んでいるのが目に飛び込んできた。

『幻の薔薇』もそうであったが、『ルナ＝パーク』もミステリー的要素が濃厚に感じられる。突然の気まぐれで郊外の家を買った映画監督のジュスタン・メルランは、その家と、その家に住んでいて何もかも置き去りにしたまま いなくなってしまった女性、ブランシュ・オートヴィルに捉

エルザ・トリオレとアラゴン、庭園にて（写真提供：パブロ・ヴォルタ）©Pablo Volta

われて行く。読者は不在の主人公ブランシュを、もう一人の主人公ジュスタンと共に追い求めていくことになる。その手掛かりは、ブランシュの好みの表れた寝室や書斎の家具・調度であり、ブランシュが置いて行った蔵書である。その書名が詳しく書かれていて、エルザ自身の好みでもあろうが、『トリルビー』『嵐が丘』『カルパチアの城』など幻想的で恐怖を感じさせるような物語、女性の探検や放浪を扱った書物がブランシュの行く末を暗示させる仕組みになっている。

さらに、本書の半分を占める大きな仕掛けであり、最も興味をひかれるのは、ブランシュ宛ての七人の男性からの手紙の束である。職業も年代も生き方も違う男たち、その中にはブランシュの別居中の夫もいる。男たちのあいだをすり抜けてブランシュは何かを求め

エルザ・トリオレとアラゴンの家と庭

行ってしまった。ブランシュを、その実像を求めて男たちは手紙の中をさまよっている。ジュスタンは家と化したブランシュにとり憑かれたようにさえ見える。エルザの死後しばらくして、一九七二年パリで開催された記念展のカタログに、エルザが『ルナ＝パーク』で『トリルビー』をそのまま引用していること、手紙の一部は実際に自分宛ての手紙であると書いているのを読むと、コラージュ的な技法の試みと、エルザ自身の作品に対する一筋縄ではいかない意図を感じる。

ブランシュの実像に迫ろうとするジュスタンの前に浮浪者同然の男爵が現われる。男爵もまたブランシュに惹きつけられた男である。男爵はジュスタンと違って実在するブランシュを知っているが、彼もまたブランシュの実像を理解せず、自分のもつブランシュのイメージをブランシュと言っているに過ぎない。男爵は高台に大規模キャンプ場・アミューズメントパークを設立するという大事業に失敗し、庶民の資金を集めて破産し、詐欺罪に問われていた。

「ルナ＝パーク」とは何だろうか。ブランシュにとっての「ルナ＝パーク」は憧れの月世界、自分を賭けようとする未知への探求だ。ルナ＝パークは一般的には遊園地、メリーゴーラウンドという意味であるが、この小説では荒廃した理想郷でもあり、何かを秘めた未知なる世界でもある。ブランシュはテストパイロットとして女性初の月への飛行を夢見ている。『ルナ＝パーク』が書かれた一九五九年には人類はまだ月に到達していなかったが、ソ連のスプートニク一号・二号が打ち上げられ、ソ連とアメリカのあいだの宇宙開発競争が始まっており、月旅行も単なる夢物語ではなくなりつつあった。科学技術の進歩が宇宙への夢を次々実現させようという時代でもあったと言える。

エルザ・トリオレとアラゴンの家；エルザの書斎（写真提供：クロード・ガスパール）©Claude Gaspar

ブランシュの月への夢は実現しない。文中の「いまや、イカロスは女性なのです」は何を意味するのか。日本人の女性宇宙飛行士がスペースシャトルに乗る現代では、ブランシュの夢も、エルザの言葉も実現したと言うこともできるが、この言葉は今でも女性を一方で鼓舞し、一方で責任をも問うているような厳しさを感じる。イカロスは鳥のように空を飛び、太陽に近づき過ぎて墜落してしまう存在であり、エルザの文中にも取り上げられているブリューゲルの「イカロスの墜落」の絵では、日常生活に励む人々は誰もイカロスの墜落に気づかない。しかしそれでもイカロスは偉大なのだ。ジュスタンは「ルナ＝パーク」という理想を追うブランシュと、日常性に埋没しているわが身を引き比べて泣きたいような気持になる。それゆえジュスタンは最後に名誉回復のためにブランシュを捜索に行くという無謀で勇気ある行動を取ろうとするのかもしれない。

エルザは第一作『幻の薔薇』でも二つの童話を引用しているが、『ルナ＝パーク』でも『トリルビー』がかなり長く引用されている。主人公ジュスタンが映画化を考えてシナリオを書いている場面が出てくるが、『トリルビー』は実際に二度イギリスで映画化されている。悪魔スヴェンガリーに連れ去られ、その魔法で歌姫となったトリルビーは、スヴェンガリーが倒れて魔法が効かなくなると、途端に一声も出せなくなってしまう。トリルビーの純愛の相手リトルビリーは、悪魔スヴェンガリーの名を呼びながら（！）息絶えるトリルビーの後を追って死んでしまう。作者ジョルジュ・デュ・モーリエ（一八三四〜九六）は、『鳥』『レベッカ』で有名なダフネ・デュ・モーリエ（一九〇七〜八九）の祖父である。

『ルナ＝パーク』のキーワードの一つとして「遠隔操作」、または「何者かに操られる意思をもたない人間」が考えられる。スヴェンガリーの魔法で歌を歌わされるトリルビーもそうであるが、ジュスタンの家の庭先にいきなり侵入して庭中を穴だらけにする石油会社の「無名の男たち」も顔の見えない者の手先であり、デモの列のブランシュをいきなり捕え護送車に入れ、訳も分からない内に放免して道路に置き去りにした警官隊も、何かの指令で動く意思なき集団である。ジュスタンの車の傍には遠隔操作で動く運転手の乗っていない車列も登場する。政治性をもたない女性であるという設定のブランシュであっても、何かの力に巻き込まれるところにエルザの問題意識が表れている。

〈ナイロンの時代〉三部作は一九五〇年代後半という今から六〇年も前の作品であるにもかかわらず、現代の問題を先取りしたテーマであると、第一部『幻の薔薇』解説で書いた。第二部でも、その時代に生じ現代に顕在化してきた問題を扱うが故に、そのテーマは少しも古びていないということを改めて強調したい。第一部が物に捉われた石の時代とすると、この第二部は科学技術に引っ張られる化学合成物質の時代と言えるかもしれない。エルザの書く主人公は第一部のマルティーヌ以外ほとんどが彼女の分身であると言われている。権力に抵抗し、自分の可能性を賭けて空に飛び立つブランシュに、エルザの人への信頼、女性への期待が込められているように感じる。

今回の翻訳も多くの方々のお世話になった。文中のハイネの詩は岩波文庫ハイネ『歌の本』（井上正蔵訳）を引用させていただいた。以前静岡にも住まわれ、今はフランスにおられる高橋・パスカル氏、担当の小川哲氏、岩上カオル氏、「エルザ・アラゴン記念館」館長ベルナール・ヴァスール氏、写真提供のパブロ・ヴォルタ夫人、クロード・ガスパール氏、記念館にご案内くださった田部淑子氏にお礼申しあげたい。

鍋倉伸子

エルザ・トリオレ　Elsa Triolet（1896-1970）

フランスの女流作家。モスクワ生まれ。少女時代はレールモントフ、プーシキンに傾倒、後にゴーリキーのもとで文学修業し、ロシア語で小説を発表。1924年にパリに移る。マヤコフスキーの詩のフランス語訳が縁でアラゴンと結婚。フランス語の処女作『今晩は、テレーズ』（1938）を発表。大戦中はアラゴンとレジスタンスに参加。「最初のほころびは二百フランかかる」（1944）でゴンクール賞受賞。本書を含む〈ナイロンの時代〉三部作（1959-63）は先見にあふれた代表作として名高い。アラゴンは本書に触発されて『ブランシュとは誰か――事実か、それとも忘却か』（1967）（稲田三吉訳、柏書房）を著している。また、アラゴンの抵抗詩でシャンソンの名曲「エルザの瞳」のモデルとしても有名。

主な著書：

『今晩はテレーズ』（1938）（広田正敏訳、創土社）

「最初のほころびは二百フランかかる」（1944）（広田正敏訳、『世界短編名作選 フランス編2』収録、新日本出版社）

『誰も私を愛さない』（1946）（菊池章一訳、大日本雄弁会講談社）

『赤い馬』（1953）（河合亨訳、白水社）

『幻の薔薇』（1959）（戸田聰子・塩谷百合子・鍋倉伸子訳、河出書房新社）

『マヤコーフスキイ：詩と思い出』（1939）（神西清訳、創元社）

『アヴィニヨンの恋人』（1943）（川俣晃自訳、岩波書店）

『チェーホフ：その生涯と作品』（1954）（川俣晃自訳、岩波書店）

『ことばの森の狩人』（1969）（田村俶訳、新潮社）

Elsa Triolet: Luna-Park, 1959

鍋倉伸子（なべくら・のぶこ）
1947年生まれ。静岡市清水区在住。京都大学文学部卒業。訳書『幻の薔薇』。
戸田聰子（とだ・としこ）
1925年生まれ。静岡市清水区在住。日本女子大学中退。訳書『幻の薔薇』。

ルナ＝パーク

2011年6月20日　初版印刷
2011年6月30日　初版発行

著　者　エルザ・トリオレ
訳　者　鍋倉伸子・戸田聰子
装幀者　中島かほる
発行者　小野寺優
発行所　株式会社河出書房新社
東京都渋谷区千駄ヶ谷2-32-2
電話03-3404-1201［営業］
03-3404-8611［編集］
http://www.kawade.co.jp/
印　刷　株式会社亨有堂印刷所
製　本　小泉製本株式会社
Printed in Japan
ISBN978-4-309-90896-0